魔手

隠密捜査官⑥

冬野秀俊
FUYUNO HIDETOSHI

幻冬舎 MC

魔手

隠密捜査官 6

（一）

暗闇が言った。

「意見を聞かせて」

室内が暗いといっても、顔が見えないわけではなかった。空の青が、あまりにも冴えわたっていたからだった。

暫《しばら》くして、大利家戸清一《おりけどせいいち》が徐《おもむろ》に口を開いた。

「難しい事件のようですね」

「それで……」

難しいのは分かり切ったこと、その先が聞きたいのだ。

「二つの殺人事件が、単なる殺人だとはとても思えない。組織ぐるみ、とてつもなく大きな組織が関係しているような気がする」

清一は、そこまで言ってからコップを引き寄せた。そして、大きなコップに入った水を少しだけ口に含んだ。

「何故、そう思うのかしら……」

窓の外は、涼しげな緑。しかし、テーブルのランプは、灯ったままだ。ここには、昼の眩しさから隔離された空間があった。

「一人は飛行機を降り、空港を出ようとしていて救急搬送されたんですよね。もう一人は、ホテルに着いてから……。薬物が検出されなかったとしても、その他の殺害方法は考えられない」

「殺害は、飛行機の中で行われたと断定していいんでしょうか」

たまらず、若い男が口をはさんだ。

「それ以外には考えられない。被害者が全く組織と関係なかったとしても、ターゲットにされたとみておくべきです」

「清一さん、間違って殺されたとでも考えているの」

「被害者が全くの一般人だったとしたら、そう考えておいたほうが小さいリスクで済む。今のところ、何らかの大きな組織との接点はまるで見当たらないんだろう」

清一はそこまで言って、言葉を切った。皿に盛りつけられた料理が、次々と運ばれてきたからだった。

清一がオレゴン州ポートランドにやってきたのは、里美の友達の安川スージーからたっての依頼があったからだった。スージーは里美の友人だったということもあったが、三沢古間木《みさわふるまぎ》警察署に勤務していたとき捜査で協力してもらっていた。そのスージーが里美を通じて協力依頼をしてきたのだから、無下に断ることができなかった。

スージーが協力した事件とは、清一が三沢古間木警察署に異動になってすぐの頃だった。北海道へ家族旅行していた時、偶然ジョージ少年を助けたことからだった。ジョージの父親は米軍三沢基地所属の軍人だったが、千歳へのフライトの途中で殺されてしまい、ジョージは追われていた。

事件の概要は、二人の男がアメリカ・オレゴン州で不審な死を遂げたというものだった。清一は休暇願が受理されると、ショルダーバッグ一個だけという身軽さで成田空港からポートランドへ向かったのだった。

暫くの間、事件の話は忘れられた存在だったが、支払伝票にサインが済むと、息を吹き返したかのように関心事になった。

「やはり、別の事件とみておくべきだ」

ベテラン刑事が、大きなソーセージの塊をゴクリと飲み込んだ後に言った。

亡くなった二人の男はいずれも日本人だった。一人は社用で、もう一人は観光目的で渡航していて、日本での勤務先も住所も全く関連性がなかった。搭乗した日は二日違いで、外務省の職員とみられる観光目的の男は、シアトル空港に着いた後に救急搬送されたものの、その後死亡が確認された。一方、社用の男は、シアトル空港で飛行機を乗り換えポートランド空港に着いた後、チェックインしたホテルのロビーで苦しみだし、そのまま息絶えてしまった。

関連性がないと言われればそうとも受け取れるが、成田空港から同じような移動手段をとっているので、全否定することはできなかった。

スージーはＦＢＩ所属のガブリエルから相談を受け、考えれば考えるほど、事件が一筋縄で解決できないような気がしてならなかった。そこで思い出したのが、清一だった。

二人の被害者が共に日本人で、成田空港から搭乗したという点を考慮すれば、警視庁勤務の時から名刑事と呼ばれていた清一には、うってつけの案件と思われた。

「大利家戸さんは」

スージーは、聞き役になっているような清一に、歯痒《はがゆ》さを感じていた。

「この時点で、二人の死亡を関連付けるのは無理かもしれない。でも、関係があるとみて捜査しておいたほうが、後々の捜査で支障が出ないものです」

「それは、どういう意味ですか」

ポートランド市警の若手刑事が聞いた。二宮《にのみや》というその刑事は、そこそこ日本語はできるが、清一の話す日本語は難しいので、スージーの通訳を聞いて判断しているようだ。

「二人に共通している物証を、少しでも多く確保しておきたいからです」

清一は、証拠が劣化してしまったことで、捜査が進まなくなった苦い経験を何度もしていた。それを防ぐためには、捜査の初期段階で思い込みをなくし、物証を含めきちんと検証しておくことが必要だと分かっていた。

薄暗い店内では、清一たちのテーブルだけに息詰まるような空気が漂っていた。他のテーブルでは談笑が店内に響き渡り、フォークとナイフの音は、さながら効果音のようだった。木をベースにして造られた建物は、床、階段、天井、どれをとっても客を和ませるもので、建物の中に居ながらにして自然が満喫できた。ここの窓から見える緑はわずかだったが、全体的にみると人工物の方が緑の中で息づいていた。

清一が室内の骨組みに目を凝らしていると、突然若い刑事が立ち上がり、清一も促した。そして、会計、厨房の前を通り奥へと急いだ。

清一が立ち上がって若手刑事の後に続くと、すぐに正面入口の方が慌ただしくなった。次の瞬間、一発の銃声が響き渡り数人の男がなだれ込んできた。そして、その中の二人が、清一たちの後を追うように店内の奥へ向かって駆け出した。

再び一発の銃声が鳴り、吹き抜けになっている天井のランプが粉々に砕け散った。逃げ遅れたスージーとＦＢＩの男は、反撃することはできたが被害者が出ることを恐れ、手出しできずにいた。そして、ここは荒くれ者の行動を見て犠牲者が出ないようなら我慢すべきだと、腹《はら》を括《くく》った。

清一は片手で小枝を払いながら、若手刑事の後を追った。垣根を飛び越え、広葉樹を潜り抜けたところにある駐車場へ出た。しかし、荒くれ者は執拗だった。車に乗り込み急発進させるや金属音がたて続けに鳴った。追いかけてきた奴等のなりふり構わぬ発砲だった。

若手刑事は、坂道を下り本線に合流した。

「大利家戸さん、驚いたでしょう。でも、もう大丈夫ですよ」

若手刑事が、肩を大きく揺らした後で言った。

「二人は、無事だろうか」

この事態の分析よりもスージーの安否が気になった。

「多分、大丈夫です。偶《たま》にいるんです。客から金品を巻き上げてとんずらする奴が」

「僕たちを追いかけてきて、発砲したのは」

「それは、逃げるのが早かったので癪《しゃく》に障ったからでしょう。それと、見せしめ。他の客に逃げれば容赦しないことを見せておきたかったんでしょう」

若手刑事は、いちいち気にしていたらきりがないと言わんばかりだった。発砲したのはあくまで威嚇《いかく》、パフォーマンスだというのだ。

「少しの間ドライブしたら戻ってみましょう。奴等だって長居は禁物、捕まりたくないはずですから」

「そうなんだ」

清一は、銃社会アメリカに思いを巡らせていた。わが身は自分で守るというアメリカでは、一見平穏を保っているようにみえるが、しばしば銃による悲劇を生むという歴史をくり返してきた。

車が、ヒルズボロの町はずれにさしかかった時だった。

「大利家戸さん、右側」

叫び声とともに車が左へ飛んだ。銃声が響き、右側のサイドミラーが粉々に砕け散った。けれども、追い抜きざまに撃ち込まれた割には、被害は少なかった。車線変更して次の攻撃に備えた清一たちだったが、少しでも気づくのが遅れていれば、命さえ危ういところだった。次の攻撃がないのを確認すると、二人はスージーたちが待っているレストランへ急いだ。西部劇に出てくるような高床式建物のインバイエホールは、襲われたばかりなので、警察の目が厳しくなっているだろうと思われた。


「走行中に銃撃されたの」

若手刑事の説明を聞いたスージーが、顔を強《こわ》ばらせて言った。説明を聞いていると、襲撃グループのターゲットは脱出した二人のうちのいずれかだろうが、どちらかというと、清一の可能性が高かった。しかし、スージーはこの場で清一がターゲットではないかと発言することを控えた。

「僕たちが逃げ出したのが、癪に障ったんですかね」

若手刑事が、清一に視線を移して言った。客人に怪我が無かったので、ほっとした顔になっていた。

警察官の姿が店内から見えなくなると、四人は元のテーブルに移動して意見交換を再開した。けれども、十分ほど経過しても新しい意見が出ることはなかった。

「それじゃ、大利家戸さんの意見を取り入れ、殺害も排除せずに捜査するということにしましょう」

と、スージーが提案した。集まった四人が連絡を密に取り合っていれば、いずれ各部署の捜査が進んで、解決へ前進できると思ってのことだった。

解散した後、スージーはダウンタウンを案内することにした。清一が宿泊するホテルをダウンタウンに取っていたので、その周辺を案内するのが最適だと考えたからだった。

ストリートカーが走るノースウエストアベニューを下ってゆくと公園があり、多くの家族づれで賑わっていた。カラフルなテントがところ狭しと並んでいる前には小さな円形プールがあり、老若男女が涼をとっていた。円形プールの周りは芝生になっていて、数個の水撒き機が空に水を躍らせていた。

「清一さん、どう思う」

スージーが、名刑事らしさを呼び起こそうと囁いた。

「二人とも機内のトイレに入っているだろう。もし、犯行が行われていたとすれば、何か痕跡が残っているはずなんだが。最近、学会の方で何か発表されていない？　例えば、光線治療とか、遺伝子操作に関係したもので」

　清一が、はるかかなたの山々に視線を向けながら言った。

　この市場広場から見えるのは、ウィラメット川とそこに架かるバーンサイドブリッジ。そして、そのはるか向こうに連なるのがティバー山、フット山。その山々の上に顔を出しているのがセントヘレンズ山。空の青と冠雪のコントラストがどこまでも続いていた。

「確か、ガス。そうよ、神経ガスかもしれない。衣服に付着したとすれば、皮膚吸収され、あとで重症化するんじゃなかったかしら」

「それじゃ、従来あったものとの相違点は」

　と清一。

「従来のものと違う点は、揮発性が高いのと、体内に入ってどのくらいで効果が出るか比較的正確に分かることだと思うわ」

「死因は、心筋梗塞と急性肺炎じゃなかった？」

「そうよ。ガス成分が同じでも、狙い通りにできない時があるのかもしれない」

信じられないという表情のスージーが、言った。科学の日進月歩にはとてもついて行けないといった感じだ。

「もしそうなら、遺体の再検証が必要になると思う」

清一は、視線をウィラメット川に向けたままで言った。もし、そのような殺害手段があれば、捜査方法を変えなければならないと考えてのことだ。

「スージー、きみは別の事件を追っているんだろう」

上流からやってきたモーターボートがバーンサイドブリッジを通過したところで、清一が訊ねた。

「そう。私は別の事件の捜査をしているんだけど、なかなか尻尾がつかめなくて……。そんな時ＦＢＩのガブリエルから連絡が来て、ポートランドに来たの。聞けば、日本人が関係しているというので、名刑事を引っ張り出したというわけ。ごめんなさいね。こういうことでもなければ、清一さんに会えないから」

スージーが、緊張感から解放されたような声色《こわね》で言った。

暫くの間、清一の視線は、ウィラメット川の水面から離れることはなかった。今は、モーターボートも姿を消し、ただゆっくり流れるだけだが、かえってその無表情が清一を惹きつけていた。何事もなければ、ウィラメット川はコロンビア川に合流し、太平洋へ注ぐ。

突然、ホーソー橋の方から大型クレーンの甲高い金属音が響き渡り、清一は我に返った。時計は十七時を回っていて、広場からは笛、太鼓の音が消え、人影もまばらになっていた。しかし、ポートランドでは明るさがまだまだ続いていて、この時間になったからと言っても、一気に夕闇が迫るという感じはしなかった。

二人は、二キロメートル離れたところにあるハリオットホテルまで歩いて行くことにした。所々で道路工事が行われていて、仕切りフェンスが二人の会話の邪魔をした。広場や商業施設の明るい照明が途切れて、住宅地のやわらかい灯の中を歩いている時だった。

「危ない」

スージーが清一に抱きついた。

「……」

抱きつかれた清一は、無言のまま周囲を見回した。しかし、注意してみても二人に危険が及ぶようなものは、何もなかった。

「何か気になることでも」

清一は、スージーの戯れかもしれないとも考えたが、念を入れて聞いてみた。

「ライトが、私たちを狙ったような気がして」

スージーが、強ばらせた体を清一から離しながら言った。すれ違ったバイクのライトが、スージーには突っ込んでくるように感じたようだった。

ホテルに着いた二人がとった行動は、正反対のものだった。軽くシャワーを浴びた清一が、一階のフロアーのラウンジでゆっくりと寛いでいるのに対し、スージーは警戒のための準備に余念がなかった。

二人が市場広場の山手にあるステーキ店を訪れたのは、十九時少し前だった。スージーが予約していたこともあって、さほど待つこともなく、男性従業員が店の奥に案内してくれた。四人掛けのテーブルは、薄暗いランプの中を行った一角にあった。

席に着いた清一は、成程と思った。ホテルでは派手に見えた赤いドレスが、天井の照明とテーブルのランプの灯の中で、とてもエレガントに見えたからだった。

「清一さん、偶にはゆいさんと出かけたりしないの」

ここでは仕事抜きだと言わんばかりのスージーの質問だった。ゆいは、清一の再婚相手だ。先妻の明子が亡くなった後、清明《きよあき》と有《ゆう》という二人の子供を抱え、絶望の中にいた清一を救ってくれたのが義姉のゆいだった。

「なかなかそんな時間は」

遠くの照明に視線を送っていた清一が、目の前のランプに視線を移して言った。その言葉には、刑事には家庭が犠牲になるのは宿命、至極当然という思いが滲み出ていた。事件の捜査にのめり込むタイプの清一にとって、家庭崩壊は充分現実的なものだったが、ゆいがそれを阻止してくれていた。

「そうそう。お母さん、早ければ年内、遅くても来春までには、帰国できそうよ」

スージーが、タイミングを見計らったように言った。

「えっ、だけど」

「多分、そうなると思うわ」

「それは、既にアメリカにいるということ」

と言って、清一が身を乗り出した。

「これ以上は、たとえ清一さんでも無理。ごめんなさい」

スージーが、微笑みを浮かべて言った。それから、徐にテーブルの上に置かれた清一の手を包み込むと、テーブルの下へ誘導した。スージーの怪しげな動作は、しばらく続いた。その間、二人は見つめ合ったままで一言も発しない。そして、清一の目が和むのを待っていたように、スージーの手が離れた。

「清一さんのこと、気の毒だと思う。でも、もう少しの我慢」

「気にかけてくれて、ありがとう」

そこには、落ち着いた顔の清一がいた。

最初、清一はスージーがとったなまめかしい行動を理解できなかった。それは、心が熱くなる男女の行為でないことは百も承知していたが、スージーの意図するところが分からなかった。けれども、二人の手がテーブルの下で再び結ばれた後で行き着いたのは、盗聴器だった。スージーは、テーブルの下に仕掛けられた盗聴器にいち早く気づき、愛の囁きにも似た行為で清一に伝えたのだった。

その後も二人の会話は、盗聴器の存在に臆することなく続いた。それから、運ばれてきた厚さ五センチほどのステーキに舌鼓を打つと、店を後にした。

ハリオットホテルに戻った二人は、一階ロビーにあるバーで会話を続けた。

「ここなら安全かも」

着席すると、スージーが言った。バーはフロアーより一段低い場所にあったが、視界を遮っているのは数本の柱だけだった。

「それで」

それは、恰《あたか》も呼び水のような一言だった。

「加担しているとは思っていないわ。ただ、技術が悪用されているのは、間違いないわ」

スージーはここに至っても固有名詞を使用しなかった、あくまで物事を慎重に運ぼうとしているようだった。

「そう」

と、清一は短い返事をするしかなかった。清一の母が開発した薬品が軍事転用される恐れがあることは知っていたが、多方面に応用が利くものだとは想像していなかった。アメリカが、自国の優位性を確保するために、清一の母が開発した薬品を監視下に置こうとしているのは間違いのないところだった。

話が一段落すると、二人は十五階にあるプライベートルームへ向かった。二十二時前ではあったが、多忙な一日だったので疲労感が漂っていた。けれども、真夜中に熟睡を脅かす物音が襲った。それは、コツコツと壁をノックする音だったが、清一が壁に耳を当てると呻《うめ》き声を伴っていた。清一はズボンに片足を突っ込みながらスージーの部屋へ急いだ。このような時にはすぐ行動しなければ悔しい思いをしたことが多々あったからだ。

清一は覗き穴から外の様子を窺ってみた。そして、ドアを開けるときにもフックを外さなかった。これは、スージーに注意されていたことなので、細心の注意を払ってのことだが、飛び出した途端ボディーに強烈なパンチを食らってしまった。続いて奥襟を掴まれて宙吊りにされると、夥《おびただ》しいパンチが飛んできた。最初は急所を外そうと手足をばたつかせていたが、二メートルを超える大男の体力は予想をはるかに超えていて、攻撃の手が弱まることはなかった。

そこで、清一は一旦この場を逃れることにした。ターゲットが清一本人であることが明確になったことを踏まえて、襲撃集団の黒幕を炙りだそうと考えたからだった。清一は宙吊りになった状態から相手の股間めがけて痛烈な蹴りを入れた。それから、相手が怯《ひる》んだところで、鼻頭に頭突きを食らわせた。

宙吊りの状態から解放された清一は、一目散に逃げた。そして、ドリンクコーナーの前を通り過ぎてエレベーターホールに出ると、誰も乗っていないエレベーターに飛び乗った。

清一は、迷わず一階を目指した。一階ならフロントがあり何かしらの応援が得られると考えたからだったが、一階に着き開いた扉の先に見えたのは、奴等の仲間だった。清一は、急いで扉を閉め上階を目指した。

ここに至っては、エレベーターは勿論のこと、ホテルの管理室さえも相手の手中にあると考えておかなければならなかった。そこで、清一は一計を案じて、エレベーターが、二十階、二十一階、それから一階へと移動するように設定した。

エレベーターが二十階で停止して扉が開くと、案の定、奴等の仲間が待ち構えていた。清一は逃げるような素振りをして相手を中に誘い込むと、それぞれを一撃で捻じ伏せた。それから、清一はエレベーターを作動させると、隣のエレベーターへ乗り込み二階を目指した。何かあった時には二階にあるランドリーが待ち合わせ場所だと、スージーに言われていたからだった。

「スージー、僕だ」

清一が、小さくノックして呼び掛けた。

「清一さん、大丈夫」

ロックが解除されドアが開いた。

「僕らの行動は、すべて把握されているようだ」

ドアの片側に陣取った清一が言った。

「清一さんが襲われた時、すぐ警察には連絡したわ。間に合うといいんだけれど」

不安顔のスージーだったが、随分経験を積み重ねてきているだけあって、どこか余裕があった。

二人が、警察が到着するまで十分くらいはかかるだろうと話していると、けたたましい靴音が近づいてきた。そして、ガチャガチャ、ドンドンという音が続いた後、

「いるんだろう、出てこい」

清一たちは、侵入を防ぐために二台のテーブルでドアを抑えていた。遅かれ早かれ突き破られるのは分かっていたが、少しでも時間を稼ぎたかったからだ。拳でのノックが足蹴りに代わり、体当たりでもダメとなると、次は発砲しかなかった。

ドアが少しだけ開いた。しかし、清一たちは諦めるわけにはいかなかった。必死でテーブルを押し返し、警察が到着するのを待たなければならなかった。

バーン、銃声が鳴り響いた。それでも、スージーともども命を繋ぐには、歯を食いしばるだけだった。

反撃する手立てのない清一たちが抵抗を続けてしばらくすると、静寂の中から声がした。

「大利家戸さん、僕です。安心してください」

ドアの向こう側から叫び声が聞こえた。ポートランド市警の若手刑事だった。

清一とスージーは、顔を見合わせた。それは、何とか危機を乗り切ったという安堵からだった。二人は事情聴取を済ませると、十五階にある部屋へ戻った。

今度の襲撃も前回同様清一を狙ったものだと推測はできたが、どうして、清一をターゲットにしたのかまでは分からなかった。

そのため、清一は部屋に戻ってから眠ることができなかった。スージーの依頼でポートランドへ来ただけなのに、再三にわたって命を狙われたからだ。単純に考えれば、スージーたちが追っている一味が清一の参加を疎ましく思っての犯行なのだが、一概にそう割り切れない何かがあった。

スージーは、殺害に清一の母が開発した薬品が使用された可能性がある、と上司から聞かされて酷く驚いた。清一の母が直接関係しているとは考えにくいが、何らかの事情があったために清一が狙われたのかもしれなかった。

スージーは、清一の母が近々帰国できる可能性があることをにおわせたが、清一の母が既にアメリカにいて捜査に一役買っているのだとすれば、清一への攻撃は清一の母へのプレッシャーになりうるものだった。

不安は、そればかりではなかった。過去にもあったが、特命捜査を始める前に相手の方から接触されたことがあった。もし、そうだとすれば、日本人が殺害された事件に関わるなという警告になるが、この時点で特定できることではなかった。

清一は、睡眠を充分とった後、動き出した。まず、フロントに行ってホテルの見取り図をもらうと、襲撃された十五階にあるプライベートルームから二階のランドリーへ逃げ込むまでの経過を細かくチェックした。特に、エレベーターを乗り換えたときの様子は、管理室で捕縛されていた者からも説明を聞きながら調査した。

「計画的な犯行でした」

夕食の席で、清一が言った。

「ホテル内に協力者でもいない限り不可能なのでは？」

「ここはチェーンホテルですから、構造とセキュリティーシステムは同じでしょう。このホテルに仲間がいて予め詳細に調べなくても、襲撃は可能だったでしょう。それに、フロントにある宿泊者カードを見せてもらったら、僕とあなたの部屋が逆でした」

清一のスージーを見つめていた目が笑った。

「それで、私が狙われた？」

その後も二人の会話は続いた。けれども、襲撃されてからの経緯は分かったものの、ターゲットが清一なのかスージーなのかまでは解明できなかった。

一夜明けると、清一は予定を変更して帰国することになった。当初は、ポートランド空港からシアトル空港へ移動して国際線に乗り換えることにしていたが、スージーの提案で安全策を選んだ。

シアトルから搭乗することになった清一には、大切な課題があった。それは、機内のトイレを利用して、殺人のトリックを暴くことだった。下手をすれば自分が犠牲者になる危険もあったが、殺人のトリックを暴かなければ、一連の事件は解明できないように思われた。

スージーと別れた清一が乗った飛行機は、十三時二十分に離陸した。暫くして機内が薄暗くなり、やがて、機内食が運ばれてきた。三日ぶりの日本食は、何もかもが日本風というわけではなかったが、どことなく親しみがあり、満足できるものだった。

食事を済ませた清一は、目を閉じて待った。搭乗客は、食事の前後にトイレを利用することが多かったので、行動するチャンスはそのあとにやって来ると考えたからだった。

ざわつきが静まると、清一は注意深く辺りを窺ってみた。そして、意を決して立ち上がった。

暗がりの中を機内中央へ進んでいくと、アテンダントがトイレに誘導してくれた。

「待って、これを」

暗闇の中で、そんな囁きがあった。そして、清一はなされるままにトイレの中に入った。

「……」

アテンダントの反対側で待機していた女性は、清一がさし出した小さな包みを無言で受け取ると、前方へと消えていった。

清一は、何事もなかったようにトイレから出てきた。けれども、たたまれたコートには化学物質が付着しているはずなのだ。

（二）

清一が新たに勤務することになった合浦《がっぽ》警察署は、合浦公園駐車場の隣にあった。総勢三十人ほどの小所帯で、刑事課はあったが独立性は低かった。なぜなら、何事においても青森中央警察署の指示を仰がなければ職務の遂行ができない状態だったからだ。刑事課は二名だけ。そして、一名は中央警察署に手伝いに行ったきりなので、実質は清一だけという状況だった。

合浦公園は、青森市街地の東側に位置していて市民の憩いの場になっていたが、往年とでは違っていた。かつては、合浦公園の周辺には実業高校や市立高校があったので、常に活気に溢れていた。終日若者の熱気が飛び交い、四季折々の催しがあるときには爆発した。それが今では、閑静な住宅地との印象が強かった。

大利家戸清一は、十三歳の時生活が一変した経験を持つ。商社勤務の父角違《すみちがい》正造《しょうぞう》と製薬会社研究室勤務の母はるが乗った飛行機が、房総半島沖で爆破されたからだった。このとき、叔母なつ子と一緒に迎えに行った妹のふみが飛行場の大混乱に巻き込まれて、ふみは行方知れずになってしまった。幾多の試練を乗り越えて刑事になった清一は、大利家戸明子と結婚し、清明と有の二人の子供に恵まれ幸せだったが、妻の明子が早逝してしまった。悲運の清一に手を差し伸べたのは、明子の家族だった。清一は運命に導かれるように明子の実姉と結婚し、左遷をも受け入れた。それから、特命捜査の仕事もするようになった。やがて、清一には、嬉しい知らせが届いた。父と母の生存、そして、記憶喪失のふみが香港の大富豪と呼ばれている美鳴《びめい》の保護の下で元気に暮らしているというものだった。清一は、めげることなく前を向いて歩き続けなければと強く思った。

「大利家戸さん、これお願いします」

総務係の小村昭子《こむらあきこ》が笑顔で言った。

「じゃ、行ってきます」

と、清一が納得顔で応じた。最初のころは、印刷物の集配という任務に強い不満を持っていた清一だったが、ほどなく割り切ることにした。年齢、実績などからベテラン刑事だという自覚があったが、二か月経った今では、文書配達係同然の新米刑事だと認識したからだった。

印刷物の多くは合浦警察署で作成されたものだが、中央警察署や外部から持ち込まれるものもあった。清一の集配の担当地域は、合浦警察署から野辺地《のへじ》本警察署までで、七か所が対象になっていた。

この日、緊急書類の配達がなかった清一は、平内町《ひらないまち》、野辺地町を回った後で、浅虫《あさむし》温泉交番に顔を出した。ここの担当者は、五所川原《ごしょがわら》北警察署の楠美《くすみ》課長と顔馴染みだったので、なんとなく親近感が持てた。

浅虫は、青森市の一番東にある温泉街である。古くから湯治客に人気の温泉街だが、昨今は周辺施設の不備や交通網の再編が影響して、時代の波に乗り切れていなかった。

清一は浅虫温泉交番を出ると、すぐ近くにある海釣り公園に行ってみた。十六時過ぎだったので釣り人の姿はなく観光客の姿が散見されるだけだったが、夕日にまどろむ島が心を和ませてくれた。

いつもなら、陸奥湾《むつわん》の向こうには下北半島、その左手には津軽半島が見えるはずだが、いずれも朧《おぼろ》で光のコントラストが楽しい。

家路を急ぐ一艘《そう》の小舟があった。その小舟は、光のコントラストの中に入ると、魔法にでもかかったように遅々《ちち》として進まなかった。けれども、危険に晒されているようではなく、小舟自ら楽しんでいるようだった。

清一が合浦警察署に戻ったのは、十七時過ぎだった。

「大利家戸さん、先程から浜道《はまみち》さんが待っていますよ」

私服に着替えた小村が駆け寄ってきて言った。出かけるときに比べると、唇の紅が少しだけ濃くなっているようだった。

「お待たせ」

清一が、廊下の長椅子に腰をかけていた浜道に声をかけた。

「ちょっと近くまで来たので寄ってみたんです」

長椅子から立ち上がった浜道が、笑顔で応じた。浜道は、十和田西警察署の玉田《たまだ》刑事の後輩で、今は青森中央警察署の刑事課に勤務していた。

「大利家戸さん、こんなところで燻《くすぶ》っていていいんですか」

部屋の中に入ると、浜道が言った。

「浜道君、何か変わったことでもあったのか」

お茶をすすめながら、清一が受け流すように尋ねた。

「うちの署では捜査が全く進展していないというのに、課長は手を拱《こまね》いているだけなんです。そのことで、署長は何も言いません。大利家戸さんに頼めばいいと思っているのは、僕ばかりじゃないんですよ」

「そればかりは、どうにもならない」

「だったら、二、三教えてください」

浜道が話したのは事件の概要と捜査方法、それから、それによって得られた証拠物件についてだった。

一九六七年、青森実業高校では卒業記念としてタイムカプセルが校庭の片隅に埋められたが、五十年以上経過した二〇一八年に掘り出された。タイムカプセルが掘り出された直後には、中に入っていた品々が卒業生に渡されて何の問題もなかったが、一年ほど経って、当時殺人事件があったのではないかという噂が街中に氾濫した。

タイムカプセルの中には、同姓同名の手紙が二通あった。そこで、学校では一通を卒業生に渡し、もう一通を保管していた。しかし、一年経っても該当者がいなかったので開封してみた。すると、将来の夢とは程遠い殺害に関しての告白文だった。

当初、青森中央警察署では静観していた。しかし、噂の中に警察官が関係していたというのもあったので、放置しておくことができなくなった。

二か月後、調査結果が発表された。確かに殺人事件をにおわせる手紙の存在はあったものの、筆跡鑑定をした結果、差出人本人が書いたものではないということが判明した。本人が書いた手紙は別にあり、誰かが本人の名前を偽装した可能性が高かった。

青森中央警察署では名合わせなどの調査もしたが、参加しなかった者や複数提出した者がいたために手紙を書いた者を特定することはできなかった。また、殺人があったとしても、その年の卒業生や在校生の中に事件や事故によって亡くなった者はいなかったし、行方不明者もいなかった。

「このような事案は捜査すべきだと思いますが」

一通り説明した後で、浜道が聞いた。

「タイムカプセルに手紙を入れた人は、何か重大な事実を知っている可能性が高い。でも、当時何故声を上げなかったんだろう」

「大利家戸さんは、捜査すべきだと言うんですね」

「僕はタイムカプセルに入れるものは、夢とか思い出だとばかり考えていたから」

「秘密だってありますよ。好きだとか、嫌いだとか」

「これは秘密の類だろうけれど、書いた本人が嘘を言っているとは考えにくい。それに、もし本当なら、事は重大すぎる」

思案顔の清一が浜道に話しかけるというのではなく、部屋に飾られている花に話しているかのようだった。

「こんな場合の捜査の方法は？」

「当時の卒業生や在校生を丁寧に調べるしかない。それと、当時の教職員をはじめ関係者の話を聞いて回ること」

清一が、ごく普通のことを述べた。

警察幹部は、雲をつかむような案件を嫌うことが多い。しかし、今回のような場合、既にマスコミにも取り上げられていて関係者の間では不安が広がっていたので、警察が捜査しないとなると大きく信頼を損なうことになりかねなかった。

浜道は、清一に事件内容を伝えただけで満足したのか、食い下がることもなく引き揚げて行った。一人残された清一は肩透かしを食らった感じだったが、青森へ異動することが決まった時、事件に積極的に参加できるかどうか疑問だったので、自重することを心に決めていた。そこで、首を突っ込むような発言は控えた。

青森は閉鎖的な土地柄だと聞かされていたが、果たして現地に赴いてみると、そのことがひしと肌で感じられた。

客観的にみて清一の刑事の実績は充分だったが、異動先でそれなりの仕事が与えられることは少なかった。今回の異動にしても、青森中央警察署の刑事課勤務ではなかった。本来の捜査からはかけ離れた仕事だった。元警視庁の敏腕刑事ということで、刑事課での拒否反応が殊更強かったのかもしれなかった。

二か月後、浜道は合浦警察署を訪れたが、清一が話に乗ってこないと判断すると、ため息を残して帰って行った。

「大利家戸さん、浜道の力になってください。彼は、大の大利家戸ファンですよ」

大利家戸ファンを自他ともに認める玉田が言った。

玉田は十和田西警察署の刑事で、清一が十和田西警察署に左遷されて以来の良き相棒だ。特命捜査があるときにはいつも清一のそばにいて、真相解明のために命懸けの行動をとった。

その玉田に後輩刑事の浜道から電話があり、清一を動かして欲しいと懇願されたのだった。

「玉田、相談に乗ってやりたいが今は拙《まず》い。僕は、十和田西警察署に左遷されてから五つの警察署を渡り歩いたが、地元で起こった事件では警視庁の刑事なんかには負けられないという地元刑事に悩まされ続けてきた。捜査に参加できない、捜査情報が得られないことが多くあった。いまは、僕と接触しただけで浜道の立場が悪くなる」

「多分、そんなことではないかと思いました。浜道には慎重に行動するように話しておきます。それで、事件の感触は」

と、後輩思いの玉田が粘り腰をみせた。

「事件性が多分にある。タイムカプセルを埋めた前後に何か起きていたかもしれない。その頃、実業高校ではリンチ事件が起きていて、地元新聞では大々的に取り上げていた。前後に何かあったはずなんだ」

清一が、推理の一端を話した。

「浜道にはくれぐれも慎重に行動するように話しておきます。それと、捜査情報があればチェックしておきます。その方が相談されたとき対応しやすいでしょう」

玉田は、清一が既にリンチ事件のことを調べていたので嬉しかった。

「助かるよ」

「ところで、久しぶりに〝せんぱち〟へ行ってみませんか。大女将も喜ぶと思いますよ」

〝せんぱち〟の大女将は、苦労人で肝《きも》の据わった人物だ。清一と玉田は事件があるたび〝せんぱち〟を訪れては、捜査のアイデアを出し合ったり、解決したときには慰労会をしたりしていた。

　大女将の人生体験は捜査に役立つことが多く、捜査が壁に突き当たった時には考えもつかないヒントを提供してくれた。

　清一の平常勤務は、翌日以降も変わらなかった。清一が浅虫の交番を訪れた時のことだった。

「触ったじゃない」

　という女性の声。

「触ってね」

　と否定する男の声が聞こえてきた。威勢がいいのは女性の方で、男が受け身なのはすぐに分かった。

「どうしたんですか」

　交番に入るなり、清一が尋ねた。

「女の人がこの男の人に尻を触られたと、車掌に訴えたんです」

　と、巡査が答えた。

「そうなんです。二度も痴漢行為をしておきながら知らんふりしているので、車掌さんに話したんです」

と、女性の剣幕はいまだに収まらなかった。

「わ、ドアの棒に掴まっていたんだたて、小湊《こみなと》で乗り込んできた男がぶつかってきたして、つい肩をあてでしまったたて、尻さだきゃ触っていね」

男が困り顔で言った。

「いいえ、この人です」

女性は、男の言い分など聞きたくないとばかり突っぱねた。

そばで聞いていた清一は、巡査に任せようと思い、奥の机の上に交通安全のパンフレットを置いて帰ろうとした。すると、巡査がさっと近寄ってきて耳打ちした。

「何か言ってもらえませんか」

職務以外のことには口を出さないことにしていた清一だったが、この場の空気が何もしないで立ち去ることができない雰囲気になっていた。被害者の女性も加害者とされた男も、そして、担当の巡査もその場に凝り固まっていたからだった。

「あなたは、裁判をしても認めさせたいんですね」

清一が女性に向かって言った。

「見逃すわけにはいきません」

「あなたは、無実を勝ち取るために名誉棄損で訴えるんですね」

清一は女性の返答を待って、男に具体案を突き付けてみた。

「仕方ありません」

男が、顔を紅潮させて言った。

「僕が見るところ、二人とも嘘を言っているとは思えません。本当に運が悪かったんでしょう。怪しいのは、小湊で乗車した客かもしれません。でも、証拠はありません。こんな時は、お互い信じてみるのはどうでしょう」

清一はそう言って、二人に一礼して外へ出た。部外者が、これ以上口をはさむべきでないと判断したからだった。

今日の海は、穏やかそのものだった。防波堤は勿論のこと、小島の鳥居もその向こうの山々の稜線もくっきりと見えた。ただ、その中にあって風力発電の林立は人間のエゴのように思えた。

合浦警察署に戻った清一は、書類の整理を済ませると独身寮へ向かった。独身寮は木造二階建てで、清一の部屋は一階部分の奥にあった。

食堂で夕飯を済ませ部屋の中に入ると、着信音が鳴った。電話はゆいからで、義兄から荷物が届いているということだった。そろそろ来るかもしれないと思っていた清一だったが、いざ特命が始まるとなると身の引き締まる思いがした。

義兄の一幸《かずゆき》は警視庁の幹部だ。清一が十和田西警察署に左遷されてから未解決事件や難事件の捜査を秘密裏に依頼するようになった。義兄からの荷物には、調査依頼の手紙が入っているのが常だった。

その夜、清一はよく眠れなかった。流れ弾で肩を負傷した世田谷殺人事件、飛行機から二度も落下した八王子事件を反芻《はんすう》した。海中で死のゲームをしたブレード殺人事件、散々に殴打された古物商殺人事件、そして、死の決闘までしてしまった長根殺人事件を思い出していた。それらは、清一が事件解決のために奮闘した一コマだったが、いずれも一つ間違えれば帰らぬ人になった危険な捜査だった。

今まで、清一が弱腰になって事件から逃避するということは、一度もなかった。それは、誰かが愚直に悪に対峙しなければ社会の安定などないと考えたからだった。

翌日の夕方、清一が頃合いを見計らってむつ市へ出かけようとしていると、浜道がやってきた。玉田に会った時、くれぐれも慎重にと申し合わせていたはずだった。けれども、浜道を見ていると、玉田から言われたことなど忘れてしまっているようだった。そこで清一は、

「また、事件？」

と、切り出してみた。

「今度は収賄《しゅうわい》のようで、二課と合同捜査になるみたいです」

浜道が、周囲に注意を払って声を落とした。

「大利家戸さんも注意をしておいた方がいいですよ」

清一が宙をにらんでいるのを見て、浜道が続けざまに言った。それは、こちらの事件もお願

いしたいといった口ぶりだった。

「未解決事件と贈収賄か」

と、清一が他人事《ひとごと》のように言った。何故なら、清一が直接捜査する案件ではないからだった。ただ、タイムカプセルの方は玉田の要望通り前向きに対応したいと考えていたので、全く関係のない話ではなかった。

清一は、浜道を見送った後、むつ市へ向かった。子供たちと一緒に食事をするために少しでも早く出発したかったが、仕事柄そうもいかなかった。

「ただいま」

と言って清一が玄関の戸を開けると、有がやってきた。そして、

「お帰りなさい」

とだけ言って腕に手を押し当てると、奥へ消えて行った。何か変だと思った清一だったが、中間テストがあって忙しいようだった。

「有も頑張っているべ。何だか、この頃欲が出てきたようだもの。成績いがったから何かおねだりするんだべ」

と、義母の幸代《ゆきよ》は楽しそうに話した。

「まだ、おっちょこちょいなところがあるから」

ゆいも話に参加した。そして、会話の中では反抗的な言葉も出てきたと、楽しそうに話し

た。

清一は、思春期に入ったのだろうと思った。物事に疑念を抱く、親に対しても従順なだけではなく反抗的な態度をとる、誰もが通る人生の第一関門だ。

清一は、自分の思春期を思い出してみた。その頃、両親は死亡したとばかり思っていたので、毎日が葛藤の連続だった。ただ、飛行機事故の真実を知りたい、両親を迎えに行って飛行場の混乱に巻き込まれ行方不明になった妹の消息を調べたいという思いが強かったので、非行に走ることはなかった。

清一を極度の挫折から救ったのは、貧困の中でもはっきりとした目標があったからだった。何が何でも達成したい目標があったことは、幸運の一言に尽きた。

食事を済ませた清一は、階段を上がった。そこに待っているのは特命だということは知れたことだったが、運命にあらがうことなく真正面から立ち向かおうと考えていた。既にアメリカでは三度も襲われていて、万が一そのことが特命に関係しているとすれば、やはりアメリカで起きた日本人の死の背後には何らかの組織があり、清一の関与を拒んでいるのだろう。

「清明は？」

ゆいが寝かしつけたのを見計らって、清一が聞いた。

「頑張っているみたい。それで、兄からは何て」

仕事に関して話さないゆいが聞いた。清一の様子がいつもと違っていたので、心配になったようだ。

「難しい捜査になりそうだ」

少しの間があって、清一が呟くように言った。渡米したとき、三度も襲われたことは話していなかった。

義兄・一幸の手紙には、外務省の職員が過労死をした原因の調査とあった。岩手県出身の尾崎は、二〇〇五年外務省に入省。そして、成田発の飛行機に乗り、シアトルのホテルで急逝していた。死亡原因が不明だったことや度重なる海外出張で疲労が蓄積していたようだという妻の証言から過労死と認定された。

手紙を読み終えた清一の脳裏に去来したものは、アメリカでの出来事だった。シアトルに到着した二人の男の死。そして、清一自身がターゲットにされたことだった。二人のうちの一人は、奇《く》しくもスージーから依頼された人物と同一人物だということは、偶々だろうか。それとも、義兄は清一がスージーから頼まれたことを知って特命を依頼してきたのだろうか。尾崎は観光目的の入国とされていたが、それまで猛烈に働いており長時間のフライトの後に症状が出たのだろうと考えられていた。

その夜、清一はなかなか眠れなかった。既に、特命捜査が依頼されることを敵に知られていて、清一がターゲットにされたのではないかという思いが原因のようだった。

捜査するにあたって、その一部始終が敵に監視されている場合は、困難極まることが予想された。敵は思うがままに姿をくらますことができるし、証拠隠滅も可能になる。また、不要な証拠を与えて、捜査を攪乱することもできる。

母のはるが既にアメリカにいて、開発した薬品が悪用されているのではないかという容疑で取り調べを受けているというスージーの情報も清一の悩みの種だった。飛行機事故に遭って以来三十年もの間、祖国を離れていた母の苦しみを考えると、心が痛んだ。

三年ほど前から本人の希望もあって、はるは日本に帰国していなかったが、相当の疲労がたまっていると考えられた。

眠れない原因は、そのほかにもあった。スージーがポートランドに来た本当の理由が他にあるような気がしてならなかった。はるが開発した薬品の正当性を証明するためだろうと考えられたが、それだけでは物足りなさが払拭できなかった。

合浦警察署に出勤した清一は、努めて普段通りの勤務をすることを心掛けた。青森中央警察署の浜道がやってきても話を聞くだけに徹し、アドバイスをすることを極力控えた。

そんな清一に対する浜道の態度が、明らかに変わった。以前は、名刑事のアドバイス欲しさに食い下がることが多かったが、そうしなくなった。浜道が清一と距離を置くことは、清一にとって好都合なことだった。だからと言って、捜査情報が入ってこないというわけではなく、捜査情報は玉田を経由して入ってくる。そのことは、捜査本部への合流がいつでも可能になるということにほかならなかった。

休暇願を提出して一週間経った日の夜、清一は室建《むろだて》に電話をした。室建は清一が警視庁に勤務していた時の刑事仲間だったが、清一が十和田に左遷されてから間もなく退職した。警視庁の名刑事だった清一が辞めたので、面白みがなくなったからだった。

退職して間もなく、室建は妹の里美と一緒に小料理店を開くことにした。そんな時、訪ねてきたのが警視庁幹部で清一の義兄でもある大利家戸一幸だった。清一に協力するよう頼まれた室建に異存はなく、コンビの誕生へと進む。

初仕事は、世田谷殺人事件を捜査していた清一が瀕死の状態で倒れていたのを室建が助けた時から始まった。それ以来、室建は妹の里美と一緒に特命捜査に協力し続けていた。

「室ちゃん、しばらく。今回も宜しく頼みます」

清一は挨拶をしてから、特命の概略を話し始めた。

「難しい捜査になりそうですね。でも、大利家戸さんが上京するまでに、できるだけ情報を集めておきます」

清一の話が済むと、室建の元気な声が響いた。室建は、清一と一緒に捜査できることが何よりの楽しみのようだった。

清一は室建との電話が終わると、本田記者にも電話をした。ＭＡＹ新聞の本田記者は、清一が警視庁勤務の時、真相解明の推理を戦わせた相手だった。また、清一が特命捜査をするようになってからは、清一の正義に理解を示して特ダネを度外視してまでも捜査協力してくれた。

「清さん、しばらくです」

電話から本田記者の声が聞こえた。

「ちょっと調べてほしいことがあるんだけれど」

「いいですよ。今は取り込んでいて時間かかりますよ」

「近々上京するので、それまででいいんだけど」

「分かりました。用件は、メールでお願い……」

仲間から声がかかったようで、本田記者の声が途切れた。

清一は本田記者の仕事ぶりに感心しながら、雑音の中から聞こえた名前に雁字搦《がんじがら》めになっていた。その名前は、スージーだった。何故、スージーの名前がMAY新聞社の中で飛び交っていたのか分からなかったが、時間の経過と共に背筋が冷たくなっていった。

「室ちゃん、度々悪い。スージーに変わったことはない?」

清一は、いつの間にか早口になっていた。

「さっき、警視庁から里美に連絡があって、友人のスージーだと分かったんです。大利家戸さんに伝えようと言っていたところでした」

「それで」

「なんでも、意識不明でシアトルの病院に入院したとか。里美がこれから出発すると言っています」

「じゃ、里美さんに伝えてください。病院を変えて欲しいと」

何か確信があってのことではなかったが、そう言わずにはいられなかった。里美は元看護師で、その腕は清一が瀕死の状態の時の処置を見ても確かなものだった。その里美なら、たとえ転院できなかったとしても、相当の注意をしてくれるはずだ。

清一は、周辺が一気に慌ただしくなってきたと思った。特命で上京すれば室建兄妹の協力は不可欠なものだったが、いつも協力してくれる里美があてにならなくなった。今回の特命は、外務省職員の過労死の真相を調査することだったが、多くの情報を入手する必要があったため、交友範囲の広い里美への依存度は大きかった。

それにしても、と清一は思った。スージーの依頼でポートランドへ行った清一が狙われ、今度は依頼したスージーまでもがターゲットにされたのだ。極悪がなりふり構わず死の宣告をしているということなのか。それとも、何か別の理由があって狙ったのか。この時点では、推理するだけの情報がまだまだ足りなかった。

（三）

清一の休暇願は、意外に早く受理された。不安を抱いたまま上京することになった清一は、特命捜査を少しでも進展させたいと思った。

「大利家戸さん、スージーの容態が安定したとの連絡がありました。何はともあれ一安心です」〝ふたたび〟の暖簾《のれん》を潜ると、室建が満面の笑みで迎えた。

「里美さんは、それ以外に何も言っていなかった？」

清一は、スージーの具合が悪くなった原因を早く知りたくて聞いた。

「本人は、まだ話のできる状態ではないようですが、里美が救護班の人から聞いた話によると、シアトル空港の連絡通路を歩いているとき、具合が悪くなったようです。レスキューが到着した時には意識がなくなっていて、そのまま病院へ運ばれたとのことです」

室建から話を聞いた清一は、スージーが現地の警察へ連絡したのではなく、ＦＢＩの本部へ連絡したのではないかと考えた。そうすれば、スージーはＦＢＩの本部の監視下に置かれることになり、現地警察も下手に対応ができなくなるからだ。

また、室建から聞いていなかったが、スージーは機内のトイレで清一と同様の液体をかけられた可能性が高かった。ただ、スージーは事前に錠剤を服用したり、コートを着用したりしていたので、間一髪のところで命拾いしたのではないかと考えられた。

「大利家戸さん、アメリカへ行ったのはスージーから頼まれたからだろう。それは、どんな相談でした」

と、室建は素朴な疑問をぶつけてみた。清一から特命の話をされたときにはスージーが関係してくるなどとは思いもよらなかったが、事件が特命と同時期に起きたとなると、頭の片隅に置いておかなければならない要素になった。

「室ちゃん、実は僕も同じ目に遭っていたんだ。シアトルから帰国する飛行機で……」

と、清一が重苦しい顔で話し出した。スージーとの話し合いで殺害方法は神経ガスではないかと予想できたので、清一は席を立つ前にスージーから渡されていた錠剤を飲んだ。また、トイレの前で二重防止の意味でのコートの着用を促されたのだった。ただ、清一を殺害できなかったことを踏まえ、スージーの時には何らかの細工がされた可能性があった。

清一は時期が来たら話そうと考えていたが、スージーが狙われた今となっては黙っているわけにはいかなかった。そこで、アメリカでスージーから相談されたことを話した。それにしても、犯行の手口が分からなかった。ごく微量の猛毒を使用したのだろうと推測できるものの、具体的なものは何も分からなかった。

「部外者が顔を突っ込めばこうなるという見せしめですか。人の命をどう考えているんだ」

室建が、絶対に許せないという口調で話した。

「室ちゃん、そうとばかりも言えない。彼らにしてみれば、スージーも僕も関係者なのかもしれない。よくあるだろう。こっちで知らないことでも、向こうにしてみれば当然知っているということが」

「でも、大利家戸さんだってほとんど知らないんでしょう。それなのに事情を知らない大利家戸さんたちを刺激したために情報を与えてしまったり、捜査意欲を駆り立ててしまったら逆効果じゃないですか」

この日の室建は、いつもと違っていた。里美がいないこともあったが、努めて自分の意見を清一にぶつけているようだった。

「ところで、何か分かった？」

清一が、お茶を一口飲んだ後で尋ねた。

「そうそう、外務省の尾崎は飛行場からまっすぐホテルへ向かったようです。ホテルのフロントで聞いた話によると、フロントで所定の宿泊手続きをしていた時、額に汗を浮かべているのが見て取れたようです。それから、プライベートルームへ案内したそうですが、ルームサービスでボーイが訪れたときには返事がなかったようで」

室建が、極秘の文字が書かれたメモ用紙を見ながら丁寧に説明した。

「肝心なのは、飛行機を降りてからホテルへ直行したということ。これで、飛行機のトイレ内で犯行が行われた可能性が高くなった」

と、清一が自分に言い聞かせるように言った。

しかし、この時点で犯行を特定することは危険だった。捜査の早い段階で事件自体が収斂《しゅうれん》できるように見える時には、殊更慎重に対処しなければならないからだった。

「これで、飛行機内の事件が関係したと思われる事件は、四件になりました。大利家戸さん、スージー、それから、スージーから相談があった二人の男性。調べれば、まだまだ出てくるかもしれませんよ」

「僕もそう思います。室ちゃん、他にもそのような事例がなかったか、調査してみてください」

外務省は他省への口利き役的なところがあって、具体的な権限はほかの省庁が担っている場合がほとんどのようだ。そのため、外務省の職員の死亡の陰には、他の省庁が関係しているのではないかという疑念が付きまとっていた。

室建との打ち合わせを済ませた清一は、本田記者に会うために上野へ向かった。

「先日は、失礼しました。清さんの知人のスージーさんのことで、ごった返していたんです」

開口一番、本田記者はスージーの名前を出した。

「どういうこと」

清一は、マスコミで流れている情報を聞きたくて、自分の知っていることを伏せた。

「まず、留寿都《るすつ》のホテルで日本の警察に協力したスージーと同一人物かということ。同一人物だとしたら、事件、事故、単なる体調不良なのかということ」

本田記者はそう言って、清一の顔を窺った。もしかすると、清一の方が詳しい情報を持っているのではないかと考えたからだった。

「それで……」

構わず、清一が催促した。

「スージーさんは有名人ではないので、情報量が極端に少なかったんです。でも、時間はかかりましたけど、アメリカ支局から事件だという情報が入ってきました。各社、その方向で動いています」

「事件って、どういう……」

聞きたい情報がまだ出てきていないと、清一。

「なんでも、捜査協力でシアトルに来ていたらしいんですが、ターゲットにされたようです」

清一の突っ込みにあって本田記者は、アメリカ支局から入ってきた情報だけでは、清一の期待に応えられないような気がした。

清一は本田記者の答弁を聞いて、まだまだ情報量が少ないと判断せざるを得なかった。

「スージーは、別の事件を追っていたようだ」と、本田記者に静かに答えた。

「えっ」

「先週のことだよ。僕が、スージーの依頼でアメリカへ行ったのは。その時にも、いろいろあったんだ」

清一はそこまで言って、言葉を飲み込んだ。

「清さんは、何もかも知っているんだ。全て知っていて、僕に問いかけを」

本田記者は空しさを感じ、それを振り払うのに懸命のようだった。それは、たとえこのようなやり取りがあったとしても、清一には何か考えがあってのことと思っていたからだった。

「まだ、話せないこともある」

清一が、自分に言い聞かせるように言った後、奥歯を嚙みしめた。

この状況下で、本田記者にいくつかの新事実を知らせることはできなかった。新事実は特ダネかもしれなかったが、公になることによって極悪に次の一手を変えられたり、姿をくらまされたりする可能性があった。少なくてもアメリカの後塵を拝してさえいれば、極悪は隠遁することなく走り続けるのではと考えてのことだった。本田記者は、清一の立場や真相解明について配慮してくれる男だと十二分に理解していたが、用心するに越したことはなかった。

「清さん、ありがとう」

本田記者が笑顔で応えた。清一がすべて話してくれたわけではなかったが、誠意が感じられたからだった。

アメリカのマスコミは、成田・シアトル便で起きた事件に神経質になっていて、搭乗者への注意喚起をしていた。そのことは、日本のマスコミもよく知っていて、それに関するニュースには注意を払っていた。

本田記者は、清一とのやり取りの中で大きな事件へと発展しそうな感じがした。このことは、将来他社を引き離す大きなポイントになるはずなのだ。

スージーが追っている事件はアメリカで起きた殺人事件で、大手ＩＴ企業勤務の被害者は内部告発をしようとして殺害された。大型脱税とキックバックが行われていたのではないかという疑いもあり、広がりを見せようとしていた。清一は本田記者と別れると、本郷の赤東《せきとう》旅館へ向かった。


「大利家戸さん、でしょう。やっぱり、大利家戸さんだ」

清一は、すれ違いざま見知らぬ男に声をかけられて、足を止めた。

「はい、そうですが」

と、言ってはみたものの、思い出そうとしても初めて見る顔だった。年のころは三十代後半、体つきはきゃしゃだが眼光が鋭かった。

「事件で上京したんですか」

物腰は優しそうだったが、質問がきつかった。

清一は、質問には答えずに歩きだした。大切な特命捜査あるときに、見知らぬ人と関わりを持ちたくなかった。すると、男が追いかけてきて、

「怪しいものではありません」

と言って、清一に名刺を手渡した。ほんの十メートルほど走っただけなのに咳き込んでいるところをみると、虚弱なのかもしれなかった。

名刺には、週刊サンニチ記者の木村洋一《よういち》と記されていた。週刊サンニチは五大週刊誌の一角に入る大手で、官公庁のスキャンダルを得意としていた。

「すみません、急ぎますので」

ここで週刊誌の記者と会話することは拙いと思った清一が、突き放すように言った。

木村は、清一がこの道を通るのを知っていたかのように角から飛び出して声をかけてきたとみてよかった。穿《うが》った見方をすれば、上京するという情報を得ていた可能性さえあった。

木村は、それ以上清一を追ってこなかった。無理に追いかければ、逆に問われて木村側の情報を清一に与えかねないことをよく心得ているようだった。

清一はわざわざ遠回りして赤東旅館に着いた。その方が木村の動向を掴むことができると思ったからだった。

「お疲れ様です」

赤東が、帳場から小走りにやってきて挨拶をした。それから、振り向きざまに奥に向かって声をかけた。

「おーい、大利家戸さんだよ〜」

すると、赤東の妻が厨房からニコニコ笑いながら出てきた。赤東は清一が宿泊するようになってからというもの、清一が事件を解決するたびに大利家戸ファンの様相を強くしていた。そのため、赤東の妻もその影響で清一の活躍を楽しみにするようになっていた。

「今回は、どんな事件ですか?」

「こら、お前」

「すみません。つい聞いてみたくなって」

と、赤東の妻が首をすくめて見せた。

赤東夫妻は、清一の仕事がきつい仕事なのを肌で感じるようになっていたので、少しでも安らげるようにと配慮していた。それには、自然体が一番良かった。清一は客に違いなかったが、友達のように接するようにしていた。

「お世話になります」

清一が、そんな気さくな赤東の妻に神妙な面持ちで一礼した。

清一がひと風呂浴びて、食事をしている時だった。

「一つ、尋ねてもいいですか」

と、赤東が遠慮気味に尋ねた。

赤東が話しはじめたのは、スージーのことだった。事件報道というテレビ番組を見ていたらスージーによく似た女性が出ていた。番組では、成田・シアトル便に搭乗した二人の日本人が死亡した事件を取り上げていて、殺人事件だったのではないかとの討論がされていた。

赤東は、スージーが以前留守中だった清一を訪ねてきた時のことを記憶していて、テレビのニュースで流れたスージーと同一人物ではないかということだった。

「そうでしたか。もしかしてと思ったので……」

赤東は、それだけ聞くと口を閉ざした。

「ご存じでしたか」

赤東がスージーと面識があったことを忘れていたわけではなかった。スージーは里美の親友でもあったが、清一にとっても信頼できる捜査官だった。

清一は一人になると、機内トイレでの噴射のからくりについてくり返し考えてみた。噴射の犯行はトイレ内で行われたと考えられたが、犯行の証拠となる装置がなかったので、清一の案は宙に浮いたままになっていた。

そこで清一は、機内に仲間がいて装置を持ち去ったか、隠し扉のようなものがあってその中に隠されているのではないかと考えてみた。この意見には事件に遭う前のスージーも賛同していて、アテンダントの中に協力者がいるのではないかと言ってくれた。

もし、アテンダントがサポートしているとすれば、ターゲットの確認や噴射のタイミングが容易になり、犯行が高い確率で成功することになる。清一は、交友範囲の広い里美の友人の中にアテンダントがいるのではないかと期待していた。

清一は、トイレ以外についても考えてみた。しかし、被害者の行動を監視しなければならないことや周囲の目を盗んで実行しなければならないことなどからリスクが高すぎた。フライト時間が八時間以上にもなると、人は生理学的に一度や二度はトイレに行く。そのため、トイレでの犯行が最有力視された。

翌朝、清一は朝食を済ませると 〝ふたたび〟 へ向かった。スージーの情報が里美から来ているかもしれなかったし、特命についての密な打ち合わせを室建としておきたかった。

清一が本郷三丁目駅の交差点まで来た時だった。

「おはようございます」

と言って、近づいてきた男がいた。週刊サンニチの木村だった。

「……」

清一は、軽く一礼しただけで交差点を渡り、駅構内へと入った。すると、木村は清一の後を追うようにして改札を通りプラットホームへと歩を進めた。そして、清一から少し離れたところで電車を待っていた。

清一にとって木村の行動は謎めいてはいたが、つきまとわれたということでもなかったの

52

で、意に介さない風を装った。しかし、取り越し苦労だったのだろうか。御徒町で山手線に乗り換えたときには、木村の姿は消えていた。

「室ちゃん、里美さんから連絡は」

〝ふたたび〟に着いた清一が真っ先に聞いたのは、スージーのことだった。

「今朝早く、連絡がありました。スージーの意識が戻ったそうです」

室建が、嬉しそうに言った。室建は、心配していた里美から二、三日中に帰国するという話を聞いて安心したようだった。

「それは、朗報です。それで、外務省のことで何か分かった？」

清一が、うなずいた後で室建に催促した。

「まだ、これといった情報は」

室建が、申し訳なさそうに頭に手をやった。

「ところで、木村って聞いたことある？　週刊サンニチの」

「俺は、聞いたことがありません。何か？」

「昨日と今日、僕の前に現れたんだよ」

「名刺を渡されたんでしょう。じゃ、何か目的があってのことですよ。ふつう、週刊誌の記者が何もなくて近づきますか？」

胡散《うさん》臭いから注意しろと言いたかったが、室建は清一の行動を束縛したくなかった。

「用心するか。ところで、外務省の未亡人周辺から何か情報は出た？　例えば、渡米した目的。それに日記やメモのようなものがあればいいんだけど」

と、清一が粘った。今回の特命は情報量が極端に少なかったので、小さな情報でもこまめに集める必要があった。

「里美が帰ったら相談してみます。きっと、何かいい方法があると思います」

室建から前向きな意見を聞いた清一は、他にも何かないか考えた。そして、二人の日本人が死亡した事件が外務省の指示だったのか、それとも個人的な何かによるものなのか、確かめる必要があると考えた。渡米が外務省の指示だった場合には、殺害の動機は政策に関係しているとも考えられるが、個人的な場合には意味合いが違ってくる。つまり、金銭や情報が殺害動機として大きく浮上してくる。ただ、ここに至っても社用で渡航した男の情報には、事件性を窺わせるものは出ていなかった。

このような情報を得るためには、外務省の内部事情に精通している者でなければできないと考えた清一は、本田記者に連絡をした。そして、指定された新宿の喫茶店へと向かった。

「外務省で過労死した職員の話ですよね」

本田記者は清一を奥の席に招くと、早速切り出した。

「うん」

「アメリカ支局へ問い合わせをしたらシアトルに取材に行った者がいて、気になることがあったと言っていました」

　と、本田記者がメモ用紙を見ながら言った。

「その、気になったことって？」

「他国で邦人が事件に遭遇したときに動くのは大使館か領事館の職員でしょう。ところが、単独で動いていた人を見かけたというんです」

「それって、どういうこと」

　清一は、かすかに何かが動いたような気がした。

「取材に何回か行ったそうですが、見かけたのはその一回だったそうです。不思議に思い、領事館と外務省の職員に尋ねてみたそうですが、分からないと言われたそうです」

　本田記者は、話しているうちに重大事件なのではないかと確信した。それは、外務省の職員の過労死についての清一の反応が異常だったからだ。

「清さん、事件なんでしょう」

　無口の男に尋ねた。

「そうなんだけど、記録されているのが過労死なんだ」

　清一が、本田記者の心の内を見透かしたようにさらりと言った。

「清さん、正直言って僕も特ダネが欲しいですけど、事件の真相を解明することがいかに大切かということを弁《わきま》えているつもりです。ですから、支障のない程度でいいですから情報を出してくれないと困ります」

「悪かった。確たる証拠はないけど、事件だと思う。積極的に隠蔽《いんぺい》された形跡が残っていないけど、どこかに隠されていると睨んでいるんだ」

清一が意を決したように言った。しかし、自分自身が被害者である事実は、ここでも伏せた。一度に情報を出したために真実が浮上してこないことがあることを、身をもって体験していたからだった。

「それで、僕は何をすべきだと」

「その頃外務省で起こっていたことと、何のための出張だったかを調べて欲しい」

清一は、迷いなく二つのことを頼んだ。

「心当たりがあります。それでは」

と言って、本田記者は満足げに席を立って行った。

清一は、丸ノ内線で有楽町へ向かった。外務省がこの沿線にあったので、なんとなく霞が関の空気に触れておきたかったからだった。国会議事堂前駅の次の駅が霞ケ関駅だった。単なる過労死なのか、外圧があってのことなのかは、外務省内部を覗いてみなければ分からなかったが、特命に限って言えば原点と言える場所だった。

有楽町へ出た清一は、〝ふたたび〟へ向かった。室建に何か情報がもたらされているような気がした。

「大利家戸さん、悪い悪い」

清一が〝ふたたび〟の前に立っていると、室建が買い物袋を提げて帰ってきた。

「買い物でしたか」

「まあ、まず入ってください」

清一が小座敷に上がって寛いでいると、室建がやってきて、

「里美が、明日の夕方帰国するそうです」

「ということは、スージーもだいぶ良くなったのかな」

清一も室建と同様に嬉しかった。経緯が経緯だけにスージーが回復したということは、手放しで喜べることだった。

「それはそうと、尾崎家の詳細が分かってきました」

室建はそう言って、一枚の用紙をテーブルの上に出した。そこには、家族構成や趣味までが書かれていて、さながら興信所が作成したもののようだった。

「神奈川区、最寄駅は白楽《はくらく》、義母と同居。未亡人は今スーパーでパートをして働いているんだ」清一は用紙に書かれている内容を読み上げた後で、大きく深呼吸をした。

ひとたび家族に何かが起きれば生活が一変するのはよく聞く話だが、その実態となると想像しがたいものだった。清一は、事件の後で家族崩壊が起こるのを何度も見てきていたし、自らが体験者でもあった。だからこそ、三十代の主を失った家族の苦悩もある程度理解できた。

「室ちゃん、この家族については、接触も含めて里美さんに任せてみたらどうだろう」

できるだけ安全なところで協力してもらいたいと思っている清一が、言った。

「どうでしょう？　里美が納得してくれればいいんですが」

室建がそう言って顔を曇らせるのも無理のないことだった。以前にも里美は易しい役どころを固辞したことがあったからだった。

肝心なところで話が立ち往生してしまったので、清一がどうしたものかと心配していると、着信音が鳴った。

「清さん、今いいですか」

本田記者からだった。

「何か分かった？」

本田記者が掴んだ情報は、先輩記者からのものだった。事件が起きた時は日米貿易摩擦が再燃していて、外務省も傍観者ではいられなかった。そんな時、外務省の別動隊として動いていたのが尾崎で、本来の交渉を補正するための裏交渉だった。

裏交渉をするにあたっては、各省庁の意向をよく聞いて行わなければならなかったが、貿易摩擦の場合には経産省の意向が大切だった。このような場合には、裏交渉自体が非難されるべきものではなく、調整機能という役割を担っていたため、相手国からも好意的にみられていた。そのような仕事に携わっていた尾崎がなぜ殺害されてしまったのか。

折角、本田記者から情報を聞いた清一だったが、ほんの少しも巨悪と結びつけることはできなかった。そればかりか、尾崎は調整が大変で過労死してしまったのでは、とさえ思うほど無気力になってしまった。しかし、観光目的とはされてはいるが、何か目的がある出張なのではないか。

個人的な出張は何を意味するのか。個人的な出張でも裏交渉の延長とみることもできるが、そこには秘密があるのではないか。そして、裏交渉ではなく別の目的があったとすれば、そこに殺害動機が隠されており、それが殺人の動機になり得るのではないか。しかし、清一はそこで思考を止めた。いつの間にか電話は切れていて、そこに本田記者はいなかった。

清一の思考が再び回転しだしたのは、赤東旅館の布団の中に潜り込んでからだった。〝ふたたび〟を出たことも、電車を乗り継いだことも思考の外のことだったし、木村など思い出しもしなかった。

尾崎の裏交渉は本交渉をサポートするためのもので、そのことに疑念を生ずるものではないが、別の思惑が介在したとなると裏交渉の意味合いがだいぶ違ってくる。

清一は、いつしか〝思考の中〟にどっぷりと浸かっていた。そして、闇の中で耳をすませば、聞こえてくるのは巨悪の高笑いだった。裏交渉を陰で操っているのは極悪だと確信したのだが、その姿はおろか声のする方角さえ分からなかった。

そこで、清一は基本に戻らなければならないと念じた。姿が見えず、声のする方角さえ分からないときには捜査の基本に戻り、一歩一歩進まなければならない。

裏交渉を利用して巨額の利益にあやかろうとしている輩《やから》がいる。〝思考の中〟から脱出した清一は、清々しさでいっぱいだった。裏交渉を精いっぱい頑張っていた尾崎は、巨悪の何かを知りすぎたために殺害されたことになる。そのため、清一はその何かを考えてみなければならなかった。それは巨額の利益を出すからくりに違いなかったが、どのようなからくりなのかは皆目見当がつかなかった。

長閑《のどか》な朝、清一は布団から飛び起きると机に向かった。どのようなからくりがあるのか書き留めておくためだった。裏交渉の仕組みやからくりがどのようになっているのか、金銭の流れがどうなるのかなど、Ａ４の白紙にできるだけ丁寧に書き出してみた。すると、各省庁を横断しただけでは不正ができないことが分かってきた。それは、政治家や民間企業や個人が介在しなければ不正を働こうにも不可能に近いことだった。

清一は、裏交渉と書いた脇に政治家と書いてみた。何か根拠があってのことではなかったが、違和感はなかった。

（四）

朝食を済ませた清一は〝ふたたび〟へ向かっていた。夕方には里美が帰国することになっていたので、スージーの正確な容態が知りたかった。それと、捜査に関する情報が聞けるかもしれないと思ったからだった。交差点を曲がりコンビニの前を通り過ぎた時だった。

「その男を捕まえてー」

という女性の叫び声が聞こえた。清一が振り返ると、女性店員が清一の方を指さしているではないか。

清一は、すぐその声に反応した。たった今、清一の前を走り去って行った男に違いないと思ったからだった。けれども、男はすばしこかったのでなかなか追いつくことができなかった。暫く追走すると、男は右折、左折をくり返した後小路に逃げ込んだ。

清一も小路に入ると、白いワゴン車の向こうに見える男を必死に追いかけた。ところが、白いワゴン車の横を通り過ぎようとしたとき、突然体当たりされて強い衝撃が走った。それは全く予想できないことだった。体当たりした男が清一に麻酔をしみ込ませたハンカチを押しあてたままで白いワゴン車の中に引きずり込むと、素知らぬ顔をしてその場を立ち去った。

拉致された清一が冷静さを取り戻したのは、しばらくしてからだった。目隠しをされ、猿《さる》轡《ぐつわ》をされていたので、計画的な犯行に違いなかった。

清一が麻酔から覚めたのは、コンクリートの壁で覆われた空間だった。生活が感じられる部屋だとはいいがたいこの空間は、円柱形で吹き抜けになっているようだった。

「一分前です」

機械的な音声が響き渡った。静かだった空間に流れた音声に、清一は意外に思った。殴る蹴るを期待していたわけではなかったが、犯人の顔を見られると思っていたからだった。しかし、犯人は一切の情報を与えたくないようだった。姿かたちや声までもシャットアウトして、何かをしようとしている気味悪さに体を凍らせた。

「十秒前です」

の音声に、清一は身構えるしかなかった。

足元が揺らいだ。身構えていた清一は何か行動しなければならなかったが、犯人の意図するところが読めていなかったので、すぐに動くことはできなかった。けれども、〝死のゲーム〟は、清一の思考など無視してはじめられた。

円形の床が水を噴き上げながら動き出した。清一は、噴き出した水にばかり気を取られていたが、靴が濡れるようになって初めて床が下がっていることに気が付いた。このままでは地の底にまで落とされるのではないかと考えた清一は、遠くなってゆく天井に上る方法を考えなければならなくなった。

そこで、清一は壁を具《つぶさ》に見てみた。すると、壁には小さな突起のようなものがあった。他にも何かないか探した清一だったが、他に逃げる手段がないように思われたので、小さな突起に頼ってみることにした。

清一は、壁へへばりつき慣れない手つきで登り始めた。しかし、水に濡れた靴でよじ登るのは、困難を極めた。大きな突起はまだいいとしても、小さい突起はなかなか踏ん張りがきかず、体力の消耗が激しかった。

三十分ほど経過しても、悪戦苦闘は続いた。水量は増えているはずなのに、床が下降してゆくので谷底へ突き進んでゆくような状況になり、このまま落下が続けば命の帰趨《きすう》がどうなるのか予想がつかなかった。コンクリートに打ち付けられて落命することも、溺死も覚悟しなければならなかった。清一は、この状況から脱出するために天井を目指すことにした。

ギギギー、ガガガガ、ガッタン、金属音が鳴り響いた。清一は、振り落とされないように指先に力を入れた。天井はもうすぐのところに迫っていて、この衝撃を乗り越えることができれば壁の上部に手が届きそうなところまで来ていた。

しかし、そんな清一を嘲笑《あざわら》うかのように荒れ狂う渦が襲ってきた。体力を奪い続けられた清一は、荒れ狂う渦に対して戦意喪失の状態になりつつあった。

体がズタズタになっても抵抗を続けるか、この辺で潔く敵の軍門に降《くだ》るか、決断の時が近づいていた。そんな時、清一は指に弾力のようなものを感じた。しかし、清一には弾力が何なのか、突破可能なものなのかの判断などできる状態ではなかった。また、水の中に活路を見出す気力も失せていた。そして、生と死の中であがき、意識が遠のいてゆくのに身を任せていった。


「兄さん、ただいま」

店内に里美の元気な声が響き渡った。しかし、返ってきたのは室建の元気のない声だった。

「どうしたの、兄さん。十七時を回ったというのに暖簾も出さないで」

大役を終えて帰ったばかりの里美は、室建が満面の笑みで迎えてくれるものとばかり考えていたので、肩透かしを食らった恰好だった。

「大利家戸さんが昼前に顔を出すと言っていたんだけれど、この時間になってもまだ来ないんだ」室建が眉間《みけん》にしわを寄せて言った。

「兄さん、それっておかしい。何かあったのよ、きっと。携帯は?」

「かけたんだけど、通じない」

「兄さん、急がないと。私、本田さんに電話してみる」

こんな時の里美の行動は清一に似ていて、最悪を見据えて次から次と手を打ってゆく。

「俺は事件に巻き込まれていないか、情報を集めてみる」

そう言い放った室建は、素早い動作で本日休業の看板を店先に張り出した。

十九時過ぎ、本田記者から里美に電話が入った。清一は本田記者からプレゼントされたGPS発信機を所持していて、追跡した結果南千住付近にいたことが分かったということだった。

「里美、地図」

事件に巻き込まれたと直感した室建が叫んだ。室建にも事件や事故に関する情報がもたらされていたが、清一が関係したと思われる情報はなかった。

「本田記者は、南千住と言ったんだな。大利家戸さんは、千住の方へ行くと言っていなかったから、赤東旅館を出て本郷三丁目駅へ行くまでの間に何かあったのかもしれない」

室建はそう言うなり、厨房へと急いだ。

そこなら里美に聞かせたくない話も携帯電話でできるし、何と言っても落ち着ける場所だった。

「兄さん、隅田川の向こうは足立区よ。対岸の千住は考えなくていいのかしら」

里美が心配顔で言った。

「今は、南千住に絞ろう。それより、玉田刑事に連絡。それから、出かける準備」

と言って、室建は口をへの字にした。

着信音が鳴り響いて、室建は厨房へと急いだ。このタイミングなら仲間からの連絡だろうと確信しての動きだった。電話口で仲間から報告を受けた室建は、何度も相槌を打った。そして、電話が終わると大きくため息をついた。

「やはり、拉致されたようだ。白いワゴン車に無理やり乗せられているところを目撃していた住民がいた。里美、急ごう」

強ばった顔の室建が言った。一刻も早く南千住へ行って清一の安否を確認しなければならなかった。拉致の詳細は途中で話せばよい。

品川を出発したあと国道4号を北上した二人が南千住についたのは二十一時過ぎだった。発信機の電波が途絶えたのが南千住だからと言って監禁場所が南千住界隈だとは限らなかったが、今は絞るしかなかった。しかし、どこまでも続く暗闇が二人の行く手を阻んだ。

室建は街の中を移動した後、隅田川の側に車を止めた。そして、里美と話し合いを始めた。その結果が、むやみに探し回ったところで清一を見つけることはできないだろうということだった。

「里美、大利家戸さんが車に押し込まれているころ、『その男を捕まえて～』という叫び声や追いかける男を目撃したという情報もあったそうだ」

室建が、思い出したように言った。

「それって、大利家戸さんは正義感がとても強いということを知っていて利用したということでしょう」

「だから、計画的犯行なんだ。大利家戸さんが今捜査しているのは、過労死事件を調べる特命だけど、そこに関係している奴等の仕業だと思う」

「兄さん、スージーの件ならアメリカで起こったことでしょう。ここは特命一本に絞っていいんじゃないの」

「時間がない、外務省の施設一本に絞ろう。南千住で外務省に関連した施設はないか……」

「本田さんに電話してみる」

清一が消息を絶ってから十二時間が過ぎようとしていた。このことは、命の帰趨が既に決していてもおかしくない時間帯に入っていることを意味していた。このような時、清一が口癖のように言っていたのが、

「やるべきことをやる」

という一言だった。

まもなくして、本田記者が外務省に関係のある建物の資料を持って合流した。関係のある建物六棟の中で調査が必要な建物は四棟だった。三人は、四棟の建物を一棟ずつ注意深く見て回ることにした。

「兄さん、四棟とも監禁された形跡がない。時間がないわ」

里美が今にも泣きだしそうな声で言った。

「ひとまず帰って様子を見るしかないか」

と室建。

「何言っているの、兄さん」

「待ってください。もう一棟あります。経産省の建物なんですが、判断するのはそこを見てからにしましょう。ある筋から中尾が経産省の副大臣をしていた時、中尾の肝いりで建てられた建物だという情報もあります」

本田記者はそう説明した後で、その場所は隅田川近くだと言った。

小さく経産科学研究所と書かれた建物は、千住汐入《しおいり》大橋からさほど離れていないところにあった。正面には高さ一・五メートルほどの鉄格子の門があり、冷たさが伝わってきた。

「里美、警備会社に通報してくれ。怪しげな影を見たと」

室建が意を決したかのように呟き、次の瞬間、軽々と鉄格子を飛び越えた。

「兄さん」

里美が、思わず叫んだ。

「シーッ、緊急事態だ」

室建は里美に向かってそう言い残すと、建物の方に向かって駆け出した。

室建は、警備員が到着する前に建物の周囲を見ておきたかったようだった。何か異常があれば警備員とともに建物の内部に潜入を試みなければならない。

研究棟のような建物の前まで来たとき、側溝から大量の水が流れているのを見て室建は違和感を持った。室建が呆然と立ち尽くしていると、

「何をしているんだー」

という叫び声と共に二人の警備員がやってきた。

「怪しげな影を追ってきたんです。この辺で消えたからこの建物の中に入ったと思います」

室建は必死だった。最悪でも警備員に建物の中を巡回してもらう必要があったからだった。

「引きずられる人を見た」

と、室建は警備員の不安を駆り立てた。すると、ひそひそと話していた警備員がカギを開けて建物の中へ入っていった。

暫くして、二人の警備員が何事もなかったように建物の中から出てきた。室建が中の様子を尋ねると、誰一人いなかったし、まして、誘拐事件が起こった現場のようではないとのことだった。ただ、実験室が水浸しになっていたので、今しがた何かの実験をして失敗したのではないかということだった。

警備員が立ち去った後で室建が車に戻ると、本田記者が小走りにやってきた。

「何か分かりましたか」

「分かったのは今しがた実験室で大量の水が使われたということだけだよ。ただ、こんなことは珍しいことだと言っていた」

室建が不安顔で言った。

「僕、裏の方へ回ってみたんですけど、やはり水ですね。それと、これ」

本田記者が二人の前に差し出したのは奇怪な形をしたアクセサリーのようなものだった。

「それは、何ですか」

里美が気味悪そうに聞いた。

「乾燥ナマコのストラップです。僕が清さんにプレゼントしたものと同じものです」

と、寂しそうに言った。いびつな形のナマコは本田記者が東北地方を旅した時に求めたものと同じものだった。

「すると、この中に発信機が仕込まれているということか」

「兄さん、大利家戸さんはまだ見つかっていないのよ」

と、里美は気が気でなかった。

「溺死させられた？」

室建が顔を歪めて呟いた。

「兄さん、縁起でもないことを」

里美が室建を叱った。里美自身が死という言葉に付きまとわれて、振り払うのに躍起になっていた。

「僕が犯人だったら、ここで犯行があったことを公にされたくないので、隅田川を使うかもしれません」

まだ希望を捨てていない本田記者が言った。

「私も隅田川に賭けてみる。だって、大利家戸さんは水難を何度もクリアしているじゃない」

泣かないと自分に言い聞かせてきている里美だったが、限界を疾《と》うに超えていた。

南千住で事件に関係していると思われるのは、南千住三、七、八の三つの区域だった。もし、清一が隅田川に流されたとすれば、東京湾に出る前に探し出さなければ消息さえつかめなくなる可能性が高かった。

MAY新聞社に戻ってヘリの操縦士に相談してみるという本田記者は、気合が入っていた。今日は東京湾の上空から津波対策についての取材が予定されていたので、時間調整さえできればヘリの使用ができた。

本田記者と別れた室建と里美は、汐入公園前の水神大橋から捜索してみることにした。続いて白鬚《しらひげ》橋、桜橋、吾妻橋と見て回ったが該当する浮遊物などはなかった。日付はとっくに変わり、夜半の川はなまめかしく、恨めしく、時には凛としていた。

「里美、仮眠をとろう」

蔵前橋まで来ると、疲れの見えてきた室建が言った。

午前四時すぎ、携帯電話の着信音が車内に鳴り響いた。

「兄さん、ふみさんからよ」

「きっと、大切な話に違いない」

仮眠中の室建がすぐに反応した。

ふみからの電話は、清一が中央区の浜離宮庭園沖を漂流しているので、救助に行ってほしいというものだった。室建は、築地に住んでいる釣り仲間に連絡すると、築地の冷蔵庫へと急いだ。

「今日のご指名は、高くつきますよ」

と釣り仲間が言えば、

「俺の店を貸し切りにしてやるから、みんな連れてこい」

と、室建が言い返した。

気心の知れた釣り仲間なので、船を出す理由も聞かなかった。

室建は、事件のことを公にしたくなかった。清一が無事だった時、特命捜査をしやすくするためだ。

室建が船に乗って十分くらい経つと、青いシートで覆われた磯船が見えてきた。不安でいっぱいの室建は、声を押し出すようにして船を近づけるように頼んだ。

「大利家戸さん、大利家戸さん」

と、室建が小さく呼びかけた。

しかし、磯船からは何の反応もなかった。呼びかけに反応がないということは死亡をも覚悟しなければなかった。不安を募らせた室建は、そんな思いから逃れるように磯船に乗り移ると、恐る恐るシートの中を覗いた。

「大利家戸さん」

と呼びかけながら室建がシートをめくってみると、そこには一人の男が横たわっていた。室建は、横たわっていた男に飛びつくや抱き起こした。男は疲れ果ててぐったりとしていたが、その男こそ探し求めていた大利家戸その人だった。

室建は、磯船を岸まで曳航《えいこう》してもらい後始末を頼むと、清一を車に乗せ、一目散に〝ふたたび〟へ向かった。清一はたくさんの水を飲みこんでいるようだったが、意外にもダメージは少ないようだった。里美の見立ても同じだったので、懇意にしている医師に診てもらうことにした。

「兄さん、良かったわね」

里美が、後部座席に横たわっている清一を見ながら言った。

「本当に良かった」

室建が、涙声で言った。まだ意識は回復していなかったが、呼吸は確かだったので、不安がだいぶ解消されつつあった。

診察が終わり〝ふたたび〟が眠りについたのは明け方近くになってからだった。里美が目を覚ましたのは昼前、すると、着信音が鳴った。

「本田です。メールありがとうございます。清さんの具合はどうですか？」

「今のところ、順調です」

室建は、清一の看病を里美に頼んで仮寝をした。そして、目を覚ますと、昼のニュースのチェックをした。

手痛い仕打ちを受けた清一が目を覚ましたのは、十五時過ぎだった。

「里美ー、大利家戸さんが目を覚ましたー」

室建が、厨房に向かって叫んだ。

「まずは、体力回復ね」

と言って里美が差し出したのは、お粥と自家製のミックスジュースだった。

清一はいろいろ話したそうだったが、視線を食べ物に移すと話すことを止めた。今喫緊のことは、監禁状態から解放された胃袋にものを流し込むことのようだった。

清一は、口をすぼめてミックスジュースを飲みこんでからお粥を少しずつ啜った。生死の間をさまよった後だったので、お粥の塩味ととろみが五臓六腑《ごぞうろっぷ》にしみてゆくのが分かった。

「ごちそうさま。もう少し休ませてください」

食べ終わった清一が弱々しい口ぶりでそれだけ言うと、横になったまま動かなくなってしまった。

小座敷に清一を休ませてカウンターがあるほうへ移動した室建と里美は、誰が何のために清一を拉致、監禁したのかについて検討を始めた。今清一が捜査対象にしているのは特命の外務省で起きた過労死だが、清一が監禁された場所は外務省とは関係のない経産科学研究所だった。本田記者からの情報では、経産省の外郭団体で水の研究をしているところということだった。

「兄さん、外部の人が自由に出入りしたり、設備を動かしたりなんかできないわよね」

里美が念を押すように聞いた。

「そうだな。通報したら、警備員だって直ぐにやってきたからな」

「それに、位置情報。本田記者がプレゼントしたというＧＰＳ発信機、ナマコの中に仕込んであったんでしょう。だから、南千住っていうのは分かるわよ。でも、ふみさんからの情報って何？」

里美が室建に疑問をぶつけてみた。

「なんで分かったんだろう」

ブレード殺人事件の時、美鳴は海中から清一を救出したことがあった。その時位置情報を得るための発信機を清一の体内に埋め込む手術をしていた。

二人の会話は、しばらく続いた。犯人一味が清一を拉致して南千住の経産科学研究所へ連れ込むまでの行動の解析には、防犯カメラの情報が不可欠だった。また、当初清一の拉致は殺害目的でされたようだったが、磯船で隅田川へ流されたころから変更されたように思われた。

清一が再び目を覚ましたのは、十九時を過ぎてからだった。けれども、すぐに布団を離れることはできなかった。「拙いことになった」と、犯人の一人が叫んでいたのが気になってしょうがなかった。それまでは、計画通り溺死させるつもりだったが、状況が変わったのだろう。それにしても、清一にとっては運のいいことだった。


「大利家戸さん、起きましたか」

室建が遠慮気味に声をかけた。

「室ちゃん、悪かった。心配ばかりかけて」

清一は起き上がると、丁寧に頭を下げた。

「大利家戸さんこそ大変な目にあっちゃって」

室建はそう言って清一を気遣ってから里美を呼んだ。ここは何はともあれ英気を養って元気を取り戻してもらいたかった。

テーブルの上にささやかなごちそうが出そろうと、室建が乾杯の音頭を取った。

「大利家戸さん、生還おめでとう。これから先は、無理のない捜査を心掛けましょう」

室建にしては、弱腰の挨拶になった。

「室ちゃん、今回は僕の不注意から簡単に拉致されてしまった。泥棒を追っていて、車に押し込まれたところまでは鮮明に覚えているんだけど、そのあとは部屋に水が流れてきて、苦痛の連続だった。何回も気を失ったみたいだ」

と弱々しい口ぶりの清一だったが、弱音を吐いているようではなかった。

「大利家戸さんに動かれれば困るやつらの仕業ですよ」

室建が、清一の正義感を呼び覚ますように言った。

「兄さん、けしかけちゃ駄目よ」

里美は、心配顔だ。

「室ちゃん、拉致された場所が経産科学研究所。何故なんだろう」

「中尾が、指示したんだろう」

室建は、犯行グループのメンバーが省庁から横断的に出ていると、さらりと言ってのけた。

「そうなんだ。外務省だけじゃない」

眉間のしわを深く刻ませて、清一が言った。

「俺のは勘だけど、大利家戸さんはどうしてそう思うんです?」

「車に押し込まれたり、体を押さえつけられたりしたとき、凄い腕力だった。それに、背負われて移動したはずだから、鍛えられていないとできないことだ」

と言った清一だったが、咳き込んでしまった。

「無理しないでください。相当手強いですよ、今回も」

清一の拉致は挨拶代わりではなかったのかと、室建は考えていた。清一とマスコミの繋がりを考えると、好意的に見られているようなので、殺害してしまうのは好ましくないと判断したのだろう。

「室ちゃん、経産科学研究所について調査して欲しい。防犯カメラの映像でも入手できればいいんだが」

清一は、外務省や経産省だけでなく、もっと広がりを見せるのではないかと考えていた。それほど、清一を押し込んだ腕力は、相当鍛え上げられたものだった。

「横断的にですね。分かりました」

「里美さんには、アテンダントについての噂の聞き込みをお願いします。あの飛行機には、仲間が乗っているはずです。複数人いるかもしれません」

清一はそこまで話すと、堪えきれずに大きな欠伸《あくび》をした。それから、横になり動かなくなってしまった。そして、

「大利家戸さん、明日帰るんでしょう」

という里美の問いかけにも反応しなかった。

朝は、当然のように誰にでも公平にやってくる。

十和田西警察署の玉田の場合は、清一の捜査に協力できるというだけで闘志が漲《みなぎ》る方だったが、今朝は違っていた。

一昨日の深夜清一の一大事を聞かされた玉田は、最終の新幹線に乗ることができなかった。

翌早朝、玉田には清一が無事だという朗報がもたらされたが、新幹線に飛び乗った。客観的に

は無事が確認されたのだから行く必要はなかったが、玉田は、清一の教えを忠実に実行しなければならないと思った。

東京に着いた玉田は、清一を見舞うために〝ふたたび〟へは向かわなかった。先ず、上野で本田記者に会い、清一に関わる情報を具に聞くことにした。これまで、清一は事件に関する情報をすべて本田記者に流すことはしていなかったが、本田記者でなければ知りえない情報を得るために意見交換をしていたと聞いていたからだった。

本田記者は、清一が外務省職員の過労死について調べていたこと、スージーからの依頼で渡米していたこと、そのスージーが殺されそうになったことなどを話してくれた。

玉田は、外務省職員とスージーの犯行が似ていたので、犯行動機や犯行手口に関する疑問を聞いてみた。すると、本田記者は苦笑いしながら領事館の対応や裏交渉のことなどを話してくれた。

玉田は本田記者と別れると、〝ふたたび〟へ向かった。そして、〝ふたたび〟を監視している者がいないか、それとなく窺ってみると、不審な男を発見した。

「玉田です。ご無沙汰しています」

玉田は室建に電話を入れると、不審者がいると伝えた。ただ、ダークグリーンのジャケットにスラックスといった恰好だったので、室建の言う週刊誌の記者のようではなく、役人風だと伝えた。特命捜査をされると都合の悪い人物から監視されているようだった。

清一は特命捜査の依頼があると、玉田に相談するのが常だった。今まで玉田を特命捜査から外したことは一度もなく、依頼が来てすぐに相談したこともあったが、下調べをしてからの時もあった。

そんな玉田から見て、今回の特命捜査は異質のように思えた。本格的な捜査に着手する前に監視されたり、命を狙われたりと異常だった。それは、相手が清一をよほど警戒している証左だが、度を越していた。

玉田は、室建に連絡したあと〝ふたたび〟からそっと離れた。そして、南千住の経産科学研究所を確認すると、迷うことなく新幹線に乗った。

玉田は、車窓の清一に問いかけてみた。今回の上京は空しさだけが付きまとっているが、これでいいのかと。すると、車窓の中の清一が優しく頷いた。空しさは満たされない部分で、そこにこそ捜査の糸口が存在する。

玉田は、問答をくり返した。捜査は刑事の連携があって解決に導かれるものだが、全員が同じ方向を向いていると、違った方向に行って解決を遅らせたり、冤罪《えんざい》を生む原因にもなる。そこで、誰かが孤独になり、空しさの中で物事を見つめることが不可欠だった。それこそが捜査の極意、清一が最も伝えたかったことではないかと一人思った。

（五）

清一にとって一週間の休暇は、あっという間だった。そして、青森に戻った清一には、平凡との戦いが待っていた。特命捜査の後で平凡な職務に就くと、とてつもない虚脱感に襲われた。しかし、清一は過度な緊張感から解放された時の術《すべ》を心得ていたので、虚脱感に翻弄されることはなかった。

平常勤務について二日目のことだった。玉田から〝せんぱち〟へ行こうと誘われた清一は、二つ返事で了解した。大女将の話を聞くことで、新しい閃《ひらめ》きがあるのを期待してのことだった。

「家戸さん、暫ぐだごっと。少しやつれたんでねえべが」

大女将の百眼力は、衰えていないようだった。

「大利家戸さんは、今何をしていると思います？　大女将。新聞配達ですよ、新聞配達。刑事なら捜査でしょう」

玉田は、ちょっと酔っ払った風を装いながら、清一を揶揄《やゆ》して見せた。

「玉ちゃん、何言うべ。わいは、なんぼきつい捜査をしているべと思ったして、やつれたと言ったのさ。仕事は、なんでも同じだべ」

と、大女将は玉田を一喝した。

「きつい捜査って、例えばどんな」

粘り腰で踏みこたえた玉田が、押し返した。

「玉ちゃん、ほうきたが。この顔相は、つい最近おっかねえ目に遭ったということだな。ちょっと目もつっているし、間違いね」

大女将が、自信ありげに言った。四柱推命《しちゅうすいめい》を持ち出したわけでもなく、算木《さんぎ》や筮竹《ぜいちく》を手にしてのことでもなかった。そのよりどころとなるのは、経験則かもしれなかった。それは、体から放出されるという気や声の強弱だ。

「捜査前だというのに、二度も狙われた」

清一が、ぽつりと呟いた。

「大利家戸さん、それは……」

驚いた玉田が制止しようとしたが間に合わなかった。

それを聞いた大女将が、目を皿のようにして清一を見て言った。

「白旗を上げたわけではないべ。わすに白状したのがにし。それにしても、家戸さん。いくら命知らずなといっても、限度があるんでねえの。仏様や閻魔《えんま》様も間違うことだってあるべ。ひょっとした加減で命の灯を消されでしまったら、一巻の終わりだべさ」

大女将の物言いは、もっと家族のことを考えるべきだというものだった。

「以後、気を付けます」

清一が、ぺこりと頭を下げた。

「そうですよ、大利家戸さん。大女将に心配させるようなことを言って」

玉田がその場を和らげようと、気を使った。けれども、大女将の表情は和らぐどころか昂《たかぶ》ったようだった。

「捜査をする前に襲われたんだべ。犯人は、家戸さんが捜査することになれば、いずれ炙り出されると考えたんだべ。だして、経産科学研究所の先にいることになるべ。屹度《きっと》、ほんだ」

大女将は、どんな事件だったのかも聞かないで、犯人を予想して見せた。

「大女将、当てずっぽうは言わないほうがいいですよ。大利家戸さんは、捜査前に狙われたと言っただけですよ」

玉田は、火消しに躍起だった。大女将の言ったことが先入観として残れば、捜査の方向性に支障をきたす恐れがあった。

「玉ちゃんは、まだまだ若いな。こっちが知らないのに相手がちょっかいを出したということは、こちらのなりとふりを知っているとみるべきだべ。全く知らないのに、そういうことはしねべ」

大女将は、早口でそこまで言ってから、奥に向かって声をかけた。

「大利家戸さん、どう思います」

玉田が清一に感想を促した。

「頭に入れておこうと思う。今夜の大女将は神がかっていたし」

清一は、誘いに応えてくれた大女将に感謝したかった。相手が先に動いた時には、身辺に注意する必要があると言いたかったのかもしれなかった。

二人は、大女将が席に戻らなかったので、〝せんぱち〟を出た。それから、駐車場へは向かわずに、稲生川《いなおいがわ》まで歩いた。晩春の十和田はまだ夜風が冷たかったが、特命捜査が始まると思うと、さして気にならなかった。二人にとって特命捜査は、闘志と信頼なしでは成し難いものだった。

翌日の昼前、青森中央警察署の浜道が清一のところへ顔を出した。

「タイムカプセルの件なんですが、なかなか難しいものですね」

と、浜道が雑談の後で切り出した。

同期生が五百人だとすると、在校生は三学年あるので千五百人。それに二年先輩の卒業生まで加えると対象者は二千五百人にもなった。取り敢えず、卒業生五百人を調査対象にして調査してみた。その結果、市内に残っている三百人のうち五十人と連絡が取れなかった。

また、東京や関西の方へ就職した卒業生の半数とも連絡が取れなかったことが判明した。

「対象者が二千五百人か。大変なことになっているんだ」

タイムカプセルの件については玉田から頼まれていたので、努めて協力しなければならなかった。

「何か良い方法はないですか」

浜道が伏し目がちに言った。

「SNSで思い出話を提供してもらったらどうだろう」

清一は自信がなかったが、テレビで話題になったこともあったので提案してみた。

「いいかもしれませんね。堅苦しい話ではなく、〝何かの思い出話〟とか〝誰かの思い出話〟なんてやってみれば」

「投稿者の中にタイムカプセルについて詳しい人がいたら、アタックしてみるのがいいかもしれない」

清一は浜道を送り出した後、近所にあるガッポ食堂でラーメンを食べた。ガッポ食堂は、戦後まもなく開業した老舗食堂だった。

「昭和四十年ころの話ですか。聞いたことがありますよ」

清一が昔の話をしてみると、三代目店長が気さくにこたえてくれた。

「何か特別なことでもあったんですか」

「実業高校だったら、リンチ事件。新聞にも大きく載ったもの」

三代目店長が、思い出して話してくれた。けれども、その事件の詳細やタイムカプセルの件との関係までは分からないようだった。

清一はその日の仕事を終えると、県立図書館へ行ってみた。タイムカプセルの件を捜査するには、その頃の関係者から情報を聞き出す以外に方法はなかったが、その頃の関係者に辿りつくヒントが欲しかった。すると、生徒数人が先生に暴力をふるったという記事と共にリンチ事件を特集したような記事があった。

先代から聞いたという三代目店長の話では、当時の教師の指導は暴力まがいのことも多かった。拳骨《げんこつ》や平手打ちは序の口で、竹刀《しない》で突き上げることもあった。また、それらが複数の教師によって行われることもあった。

リンチ事件を起こした主犯格の生徒は即時退学処分、手を貸した生徒は停学処分になっていた。

清一は、タイムカプセルの件にはそれを誘発するような事件が潜んでいるような気がしていた。リンチ事件もその候補の一つになりえたが、他の何かかもしれなかった。

当時の実業高校には、県内全域から優秀な人材が集まっていた。校風もおおらかで生徒の自主性を重視していたため、多くの志士が学舎から巣立った。

当時の実業高校では、伝統的な人材育成が行われていた。その中の一つが応援団によるしごきだった。休憩時間の度、教室に応援団が現れ応援歌の指導が行われた。ただし、応援歌の指導は表向きのことで、助け出されることなく残った生徒には粛清が行われた。

だからといって、応援団が嫌な存在だったかというと、そうではなかった。放課後になると、合浦が浜では団長がスケを従えて堂々と行進する様子が、一部の生徒の間では垂涎《すいぜん》の的となっていた。

清一は、三代目店長から聞いた話とリンチ事件の記事を重ね合わせてみたが、なかなかタイムカプセルのヒントにはならなかった。

県立図書館に通いだして三日目のことだった。タイムカプセルの調査を始めた清一に室建から驚きの一報がもたらされた。その情報とは、殺害に使用された薬の成分のＤＮＡが、清一の母はるが開発した薬品のＤＮＡと一致したというものだった。

清一は、母が事件に関係しているとは考えなかったが、間違いなく帰国が遅れると思った。

情報は、他にもあった。週刊サンニチ記者の木村が、東西開発（株）へ度々出入りしているとのことだった。東西開発（株）は、田中組という暴力団が関係している会社だった。

清一が警視庁時代、ある殺人事件で中尾代議士が容疑者として浮上したことがある。しかし、代議士やその周辺からは逮捕者が出なかった。別の事件で逮捕していた暴力団組員が真犯人だと供述したからだ。事件現場の状況、鑑識の判断、捜査状況などからみても代議士の関与は間違いのないところだったが、真犯人の登場によって覆ってしまった。その暴力団こそ東西開発（株）を操っている田中組だった。

清一は、室建に中尾代議士と田中組との関係についての調査を頼んだ。週刊サンニチの木村が、暴力団や政治家と強い繫がりを持っているとすれば、清一に近づいた理由が捜査情報を得るためではないかと考えたからだった。

仮に、週刊サンニチの木村が本郷三丁目駅付近で清一に声をかけたのは、特命と関係しているのではないか、と清一は考えてみた。けれども、今回の特命捜査は外務省職員を過労死に見せかけた殺人事件で、この時点で暴力団による殺人事件だとするには早急過ぎた。殺人事件の首謀者も分からず、首謀者と暴力団の繫がりが明らかになったわけでもなかった。

けれども、清一は大まかなところはその図式で間違いないと睨んだ。捜査段階での思い込みはいけないが、ストーリーを描いてみることは大事なことだった。そして、新事実が出てきたときには固執することなく修正すればよかった。

次の日、清一の姿は〝せんぱち〟にあった。本田記者から新たな情報が入っていて、悩みの種になっていた。

「本田君は、外務省の職員が亡くなった時、部外者が一人いたと言っていたんだが、経産省の職員だったと言ってきたんだ」

清一が鼻筋をつまみながら言った。

「その経産省の職員は、今どうしているんですか」

「名前が分からない。これから調べてみるそうだ」

「怪しいですね。出国は上司にも話していないそうだから、個人的なものなんでしょう。その個人的なものに合わせたように現れたのなら、無関係というわけにはいきませんよね」

と言って、玉田が詰め寄った。たとえ、経産省の職員だったとしても、その役割に見当がつかなかった。

「職務上複数の人が秘密情報を共有していた場合、その人だけ狙われる可能性は低い。だから、外務省の担当者は職務以外か延長線上のことで殺害された。経産省の人はそのことに関わっていたので、死亡したのが本人かどうか確認するためにいたのかもしれない」

と、清一は推理を少しだけ進めてみた。現状のままでは、そうでもしなければ本格的な捜査ができなかったからだ。

「自分の身を守るためということもあるのでは」

「充分ありうる。次は、自分だと思ったかもしれない」

と言って、清一は玉田の指摘に目を細めた。

経産省の職員が、殺害されることにでもなれば幕引きをされる可能性が高かった。

「大切な話は、済みましたべが」

大女将が、膝に手をあてがって座敷に上がってきた。

「大女将、遅かったじゃないですか」

と、玉田。最近では、旧知の仲とばかり挨拶を省略することが多くなった。

「今まで、面白い話っこ聞いでいだったのよ。聞きてべが。聞きたくなくても教えるべが」

大女将は、玉田の気持ちを上げ下げした後で、顔を覗き見た。

「そんなに面白い話なら聞いてみたいですよね、大利家戸さん」

矛先を向けられた玉田が、清一に助け舟を求めた。

「ほんだが。へたら喋るが。隣町で選挙違反があったべさ、その続きだ」

県議会議員の選挙の時、票の取りまとめのために隣町の町議会議員の殆どに買収資金が流れたと報道されたが、大女将はそれに関連した話を聞いたと話した。その県議会議員が応援している国会議員が所属しているのが中尾グループとのことだった。

清一にとっては、寝耳に水の話だった。もし、その話が本当であれば、青森中央警察署で捜査している収賄の事件はおそらくそのことだろう。

「大女将、その話はどれくらい確かな話でしょうか」

清一はそう言った後で、唾をごくりと飲み込んだ。これまで、大女将の情報に間違いがあったことはなかったが、特命捜査に関係してくるかもしれないと考えると、慎重にならざるを得なかった。

「家戸さんにも関係してくるがもしれないんだべ、分がった。話してくれたのは元検事で、今は悠々自適の年金生活をしている人だ」

義理堅い大女将の精一杯の答弁だった。

「玉田、確かな話だろう。それでも、裏を取ってからにしよう」

〝せんぱち〟を出ると、清一が言った。

「そうですね。当面は、中央署の浜道からは僕が情報を取っておきます。大利家戸さんは、暫くの間、タイムカプセルの方だけにしておいてください」

「頼む」

玉田と別れた清一は、みちのく有料道路経由で青森へ向かった。途中、清一の頭を支配したのは政治の腐敗だった。政治と金の繋がりが切っても切れない関係だとしても、私腹を肥やすためだけに金を集めるのでは、あまりにも政治レベルが低すぎるように思われた。

地方の国会議員が、金を集めては中央の領袖《りょうしゅう》に上納して予算の分配を期待する。そして、獲得した予算を選挙区に持ち帰っては、その実績を掲げて地元企業から政治献金という名の軍資金を搾取する構図だ。

人間の性《さが》と言えばそれまでだが、有権者の意識レベルも疑わしい。地方では政治家の政策がどうであれ、繋がりがありさえすれば、その人に投票することが多かった。福島の惨事もそうしたことが背景にあったのかもしれない。

原発事故が発生するまでは、何もかもが原発安全神話で押し切られてしまった。少し首をかしげる人がいたとしても、多勢に無勢では勝ち目がない。

そのようなことまでして原発設置をしても、ひとたび事故が起きれば、誰も責任をとる者はいなかった。原発設置の際、全面的な保証は国がすると豪語していた政府でさえ及び腰なのだ。

清一はそこまで思考して、職務外のことだと思った。一刑事が有権者の意識レベルのことまで考えたところでどうにもならないことだと、改めて思った。

青森選出の国会議員が中尾グループと関係があり、その中尾グループが特命捜査に少なからず関係していている可能性があるとなると、青森で起きた収賄事件の捜査が不可欠になってきた。特命捜査をしている清一が見るところ、中尾が関係している田中組が絡んでいるらしいのだ。清一は、玉田経由で入手することになった浜道からの情報とは別に、独自に情報収集をしなければならなくなった。そのためには、知事を頂点とする青森県の政治情勢の把握が必要だった。

調査を始めた清一が辿りついたのは、新興勢力が金の力で既得権を粉砕しようとしている図式だった。公共事業の入札では実績が重要視される場合が多く、第一次入札に参加できるのは数社のみで、他の業者は落札した業者の下請けに回らなければならなかった。

そこで、新興勢力は県議会議員や市議会議員の中から協力者を選んでは賄賂を贈り、発言力が上がるように育て上げていった。清一が調べたところ、県議会議員の中平次郎《なかひらじろう》と市議会議員の師井一雄《もろいかずお》が新興勢力と太いパイプで繋がれているようだった。

中平は、青森市出身で四十二歳。市議会議員を一期務めた後、県議会議員を二期務めていた。また，師井は市議会議員四期当選の五十二歳。三期連続当選の後、二度再選に失敗してから、三度目の挑戦で再選を果たした。そのため、新興勢力から多大な協力があっての当選だったと、噂された。

清一は、浜道から贈収賄事件の話を聞かされた時、師井をマークしていると言っていたのを思い出した。そこで、浜道の後を追いかければ師井の行動が把握できると考えた清一は、早速行動に移した。

長島地下駐車場に車を停めた清一は、青森中央警察署から少し離れたところで浜道が出てくるのを待った。すると、浜道が相棒の刑事を従えて颯爽と出てきた。相棒については玉田から聞いて知っていたが、見るのは初めてだった。

浜道の年齢は三十前後、身長百六十五センチメートルで小太りだが、相棒の鉄山《かねやま》十郎は五十歳過ぎで百八十センチメートル以上の長身、梲《うだつ》が上がらないという形容がぴったりの男だった。いつのころからか「天どんコンビ」の愛称で呼ばれている。鉄山を天井に浜道をどん底に見立ててのことらしい。

肩で風を切るような歩き方の浜道と背を丸めて浜道の後に従う鉄山刑事のコントラストは、誰の目にも楽しいものだった。二人は青森駅に向かって歩き始め、一つ目の信号を左折した。それから、二つ目の信号に差し掛かると浜道は右折、三つ目の信号で鉄山刑事が右折した。

鉄山刑事は、新町大通を青森駅へ向かって歩いた。商店街のアーケードを抜けた先に駅前広場があったが、広場の二十メートル手前で身を翻すと、何故か引き返した。

青森駅前のホテルでは新商品の発表会が開催されていて、浜道たちは師井や師井の支援者が多数出席するという情報を得ていた。

浜道たちがホテルの玄関口を注視していると、師井が現れ、上機嫌で大通りを歩き始めた。それを見た鉄山刑事が、頭に何度も手をやって合図を送った。予定通り遂行するという合図は、予《あらかじ》め二人で決めておいたものだった。

浜道は走って鉄山刑事に合流すると、師井を尾行した。その光景は浜道が先行し、四、五メートル後から鉄山刑事が続くというものだった。そして、浜道が右手の指を弾いて合図を送ると、鉄山刑事が浜道のところへやってきて、身をかがめた。そのパフォーマンスは滑稽に見えたが、浜道を知っている者なら年上を顎で使うことなど考えられないことだった。

浜道たちは師井が三軒ほど店先で挨拶を交わした後、複合商業施設へ入ってゆくのを見届けると、そのまま表通りで待機していた。そして、師井が出てくると、再び尾行を続けた。

清一は、複合商業施設の二つの入口が見えるところに移動して待った。すると、見覚えのある顔の男が現れ、タクシーに乗り込んだ。清一もすぐに後から追った。上京した時どこかで見かけた男だったが、思い出せないままでの行動だった。

タクシーは、古川通から国道4号へ出ると、弘前方面へ向かい西部モールを過ぎて左折し、新青森駅東口で停車した。

男は一階の土産売り場には目もくれず、エスカレーターで二階へ上がった。それから、改札口で待っていた男からチケットを受け取ると、談笑しだした。

談笑は、ほんの二、三分程度だった。清一は、新幹線の発車時刻を確認すると、チケットを渡した男の尾行をすることにした。

新青森駅を出た車は、国道4号へ出ると右折し、青森市街へ向かった。跨線橋《こせんきょう》を二つ越え、国道4号をしばらく走ってから電話局のある交差点を左折した。そして、浜手に少しだけ走ったところにあるビルの前で停車した。清一は、そのままタクシーを走らせ、長島地下駐車場の手前で降車した。

今日の清一の目的は、浜道を追跡し贈収賄を捜査している浜道を見ておくことだったが、意外にもそれ以上の収穫を得ることができた。もし、新青森駅でチケットを渡された男が複合商業施設で師井と接触していたとすれば、青森選出の国会議員の出湊《でみなと》甲子《こうじ》と関係があるかもしれなかった。チケットを手渡した男が入ったビルは、出湊事務所があるので、事務所の関係者に違いなかった。

清一は独身寮に帰ると、玉田に電話を入れた。今日得た情報を玉田にも共有しておいてほしかったからだったが、浜道から情報が入っていれば聞いておきたかった。

「大利家戸さん、上出来じゃないですか」

玉田が、手放しで喜んでくれた。

特命捜査では、利害関係者の情報がとても大切だった。それは、利害関係者を重要人物かどうか見定めるうえで、また、真相解明のためにも必要不可欠のものだった。

「本当にそう見ていいかどうかは、これからだけど」

と、清一の言い方はぎこちないものとなった。捜査の初期段階が大切で、少しでも楽観視した時、見当違いの方向へ行ってしまう苦い経験を何度も味わっていたからだ。

一方、玉田からの浜道情報は、師井が会合の後で挨拶回りに何軒か寄ったというものだけだったので、皆無に等しかった。ただ、玉田が独自に調べたという情報は興味深かった。それは、青森政界の四方山話《よもやまばなし》だったが、その中の〝津軽と南部のえふりごっこ〟には驚かされた。津軽の政治家は、兎に角かっこつけたい。南部の政治家は、津軽に負けじとして対抗するが、一歩及ばない。話は、大浦氏が秀吉から認可を受けた時代にまで遡るようだ。

清一は、休日に上京する旨を伝えて電話を切った。

その日の夜は、清一にとって寝苦しい夜になった。〝思考の中〟には入ってゆくものの何かが邪魔をしたからだった。

師井と中平が集めた金が出湊に渡ると、出湊はその金を携えて中央政界の中尾のところへ駆けつけるという構図ができた。しかし、出湊がすべてを貢いでも何か得られる保証は何もない。そこで、出湊はほかの大物にも貢いで中尾に何かあった時のために保険をかけたのかもしれなかった。

政界は一寸先が闇。味方が寝返ることもあれば、たとえ反目していても、自分が有利になるなら変えることもある。さらに敵の敵ともなれば味方になり得ることもあった。この妙に対応できなければ主流とはなりえず、政権の中枢に入り込むことができない。

それでは、これらのことが特命捜査の外務省職員過労死とどのように関係してくるのか。けれども、清一には大きく前進するだけの情報が集まっていなかった。

〝思考の中〟では、中尾に支配されていた出湊が実は中尾を操っていたとしたり、社用で渡航した男が間違って殺されたと思いのままにできたが、今夜の〝思考の中〟ではそれが自由にできなかった。攻め切れなかったり、元に戻されたりして、次の一歩を踏み出せなかった。

〝思考の中〟から飛び出した清一は、金の流れをもう一度辿ってみた。青森で集めた金が出湊通じて中尾に渡ったとしても、外務省職員の殺害に繋がるわけではない。けれども、地方で集められた金がまとまれば大きな権力になり得た。

中尾は、大金をどのように使ったのだろうか。このような場合、その見返りとしてはそれ以上の大金か名誉だった。

財務省は、莫大な国家予算を扱う部署。そこに経産省が絡んでいるとすると、原子力発電などの大型プロジェクトが考えられるが、この時点ではあまりにも情報量が少なかった。

（六）

清一の尾行は、その後も続いた。毎日というわけにはいかなかったが、機会があれば浜道の尾行をした。しかし、新情報を得られたのは初回のみで、そのあとは捜査を進展させるだけの情報は得られなかった。

六回目の尾行をした日の夜、本田記者から経産省の職員に関する情報が入った。外務省の尾崎が死んだときにいた人物だ。それは、アメリカ支局からの情報で、職員は佐伯という名で、詳細は追って連絡するということだった。清一は、佐伯という名を伝えるために玉田と室建に連絡を入れた。

翌日の夕方、室建から佐伯についての情報が届いた。それによると、佐伯は二〇〇〇年入省で、経産省の職員として実在しているが、事件当時出国した事実はないということだった。搭乗者名簿にはその名が記載されているので、誰かが偽名を使って搭乗したと推測された。ただ、偽名を用いて搭乗したという事実から、偶然その場に居合わせたのではなく、外務省の尾崎を追跡していた可能性が高くなった。

七回目の尾行が始まった。この日、浜道と鉄山の天どんコンビは、車で本町にある出湊事務所の前を通り過ぎると、中央町にある中平事務所が見えるところで事務所の動きを監視していた。

清一は、その両方が見える場所に車を停めて待機していたが、午前十時過ぎに動きがあった。事務所を出てきた中平が車に乗り込むと、天どんコンビの車がすぐに反応した。

中平が乗った車は国道103号を暫く走って右折した。それから、二キロメートルほど直進した後で、八甲田霊園のある山手へと向かった。そして、高齢者介護施設の前で停車した。「はっこう介護苑」は、中平が実質の経営者なので、出入りしたからといって疑念を抱くようなこともなかったが、一時間後中平に見送られて出てきた男が出湊に接触した男だったので、清一は興味を抱かざるを得なかった。

清一は、天どんコンビの尾行を止め、男が乗ったタクシーを追った。タクシーは、出湊事務所へ向かうのではという予想に反して、環状線を走ると東青森駅で停車した。

東青森駅は、青い森鉄道の停車駅で青森駅の二つ手前の駅だ。清一は、青森市街へ戻るのならタクシーを利用するはずなので、当然野辺地駅方面行きへ乗車するものだと考えたが、ここでも予想は外れた。そのため、清一は踵を返し、青森駅へ急がなければならなかった。

高齢者介護施設で中平に会っていた男が、今度は出湊の秘書と青森駅から出てきた。その様子を見ていると和気藹々《わきあいあい》としていて、出湊や中平と個別に会っていたとしても問題があるとは思えなかった。ただ、政治の世界では、一寸先は闇のたとえもあり、鵜呑みにできないこともあった。

清一は、中平が出湊に代わって国政に打って出ようとしているのではと考えてみた。何か根拠があってのことではなかったが、高齢者介護施設を訪れた男の行動がそう思わせた。

二人の男が出湊事務所に入るのを見届けたところで、清一は尾行を止めた。中央政界の中尾グループと青森の出湊との関係の強さを理解することはできたが、その関係は政治の複雑怪奇な面を臭わせるもので、それ以上は依然として掴めない。

清一が独身寮に戻って間もなく、室建から連絡があった。中尾の秘書は古宮といい、岩手県出身で三十四歳。中肉中背で高校、大学ではラグビー部に所属していたということだった。

清一は、成程と思った。古宮の行動を何度か見ていると、体は大柄ではないがどことなく力強さが感じられたからだ。

清一が、古宮が出湊ばかりか中平にも接触していることを伝えると、室建はほかの地域でも同様の手法がとられることがあると言った。中尾は、自分の力を拡大させるために現職の出湊をあおる形で中平に接触しているとも考えられた。そのためには、出湊には別の地位を用意しておく必要があり、中央政界での影響力を拡大しておくことが中尾にとって不可欠だった。

室建の報告には里美からのものもあった。里美の友達の藤円典子《ふじまるのりこ》は別の国際線の勤務だったが、アテンダントの信用に関わる事件だと知ると、秘密裏に細部の情報を提供してくれた。その中で清一が興味を持ったのは、政治家の御曹司との交際の噂があるアテンダントだった。金回りがよくなったり、化粧が変わったという話も聞けた。

もし、そのアテンダントが事件に関係していたとしても、実行犯である可能性は低いとみておいたほうがよかった。なぜなら、アテンダントは真っ先に疑われるので、組織と関係ない方がよかった。組織としては、それだけは避けたいところだろうと、清一は考えた。

実行犯が組織外部の者となると、そこに介在するのは金か異性だと考えた清一は、監視役の存在についても考えてみた。被害者、実行犯、監視役が同乗して、初めて事件が成立すると考えた清一は、室建に再度アテンダントの監視役の調査を依頼した。

「大利家戸さん、上京の予定は？」

快諾した室建が、尋ねた。

「来週には行きたいと考えていたんだ。室ちゃんの考えも聞いておきたいし」

清一が、意欲的に答えた。藤円典子からのアテンダント情報と中尾グループの詳細な情報が分かれば、真相解明に向けて大きく前進できるような気がしてきていた。

清一は、室建に中尾の秘書の調査についても依頼した。一口に国会議員の秘書といっても、公設秘書、私設秘書のほかに雑用係もいた。中尾クラスになると、その数は十名以上に及ぶことも多く、その仕事内容は広範囲に及んだ。

清一が室建に特に要望したのは、出湊や中平に接触している古宮についてだった。単身で出湊や中平と渡り合っているところからは度胸の良さが、新幹線と在来線を巧みに使い分けているところからは緻密さが窺えた。

古宮の素性が分かれば、出湊や中平に接触している本当の理由が推測できると清一は考えていた。そのことは、青森での収賄に関する事件を紐解くことにもなり、やがては、特命捜査の真相解明にも波及してゆくことが予想された。

翌朝、清一はアップル&アップルホテルの駐車場の側で、古宮が玄関から出てくるのを待っていた。進入禁止の鎖が張られていて、この場所から駐車場へ入ることはできなかったが、ホテルに用事のある車両が通行しないという利点があった。

午前六時三十分前、ホテルの玄関口に白いワンボックスカーが停まると、古宮が乗り込んだ。ワンボックスカーはホテルを出た後、一旦柳町通へ出て左折を重ね、国道4号へ出た。それから、清一の目の前を通過し、そのまま国道7号へ進んで新青森駅へと向かった。

清一は、玉田から得た情報通りに物事が進んでいると思った。ワンボックスカーの後には浜道たちの車が続いていたし、古宮が始発に乗るというのも確かなことのようだった。

清一が気になったのは、中平の動向だった。もし、中平や中平の関係者が古宮の見送りに現れるようなことでもあれば、中平が国会議員の座を狙っているのではという疑念は思い過ごしになるからだった。

新青森駅に着いた古宮は、誰かに見送られることもなく、改札を通るとそのまま新幹線に乗ったようだった。古宮の行動を見届けた清一は、そのまま合浦警察署へ出勤した。

昼過ぎ、書類の配送の仕事を終えた清一は、本町にある出湊の事務所を見張ることにした。清一が、浜手の方に陣取って見張っていると、天どんコンビがやってきて、出湊事務所の側で監視を始めた。

十分程の静寂が流れた後、一台の黒い乗用車が事務所前に横づけされた。玄関前が慌ただしくなり、それから間もなくして出湊が車に乗り込んだ。

出湊が車へ乗り込む時の様子が、いつもと違っていた。何かに憤慨しているのか、何度も振り返っては怒りをあらわにしていた。清一には少なくてもそう見えた。

出湊が乗った車は、一つ目の交差点を左折して柳町通へ出ると、二つの跨線橋を走り抜け新青森駅へ着いた。

出湊が秘書一人連れて駅構内へ入るのを確認した清一は、天どんコンビには構わず立体駐車場へと急いだ。今日の出湊を見ていて、何かありそうだと直感したからだった。

新幹線に乗るからといって、行く先が東京だとは限らなかったが、清一にとっては東京で情報を集めることも重要なことだった。

出湊と同じ車両に乗り込んだ清一は、12Cから3Aと3Bの監視を始めた。この距離であれば、よほど注意しない限り気づかれる心配がなかった。

新幹線は、何事もなく東京駅へ着いた。二人は丸の内の改札口を通ると、横断歩道を渡りビルの中へと入っていった。

清一がその様子を窺っていると、正面の通路をまっすぐに歩いてから引き返し、本屋の隣にあるエレベーターの前に立った。清一は、二人がエレベーターに乗ったのを確認してから動いた。

ホテルのフロアーは七階にあった。エレベーターホールの前が入口になっていて、ロビーの奥にフロントがあった。清一は、出湊たちの姿がないのを確認してから宿泊の手続きをした。それから、カードキーを所持したまま一階へ降りた。プライベートルームへ行くためには、カードキーを上階へ行く入口で翳《かざ》して、別のエレベーターを使用しなければならなかったが、今出湊たちと鉢合わせになるのは避けたかった。

清一は、書店の中からエレベーターを監視することにした。上京していることを室建に連絡して、清一は辛抱強く待った。

暫くして、出湊が秘書の他に一人の男を伴って出てきた。そして、東京駅の丸の内の信号で秘書と別れると、二人だけで別行動をとった。清一は、信号を渡った先で待機していた里美に合図を送ると、秘書の尾行を始めた。

秘書は地下鉄で銀座へ出ると、大手建設会社へ入っていった。清一は、ここでもビルの玄関口が見える場所で辛抱強く待つしかなかった。

三十分くらい経って玄関口に姿を現した秘書は、躊躇《ためら》いもなく地下鉄に乗った。そして、東京駅で下車すると、丸の内口から外へ出たが、ホテルへは向かわなかった。

秘書は、慣れた足取りでコバルトブルーのビルへ入っていった。一見して何の変哲もないビルだったが、清一は植え込みに設置してある看板を見て、〝みちのく亭〟ではないかと思った。

「大利家戸さん、〝みちのく亭〟で会食しているみたい」

横断歩道を渡って近づいてきた里美が声をかけた。

「ご苦労様。他には」

「三人だけのよう。ただ、お客は他にもいるみたい」

と、里美が悔しさをにじませた。情報を得ようにも建物全体が閉鎖的だったので、思い切った行動ができなかった。

「三人以外にも関係者がいれば、何か得られると思ったんだけど」

との清一の発言は、当てが外れたとでも受け取れるものだった。

ターゲットの行動がいつもと違っていれば何かしらの収穫が期待できたが、〝みちのく亭〟に集まった顔ぶれが二人だけなら青森と同じだった。

「大利家戸さん、出湊の秘書は大手建設会社へ立ち寄ったのよね。このビルには東西建設のフロアーがあるけど関係ないのかしら」

里美が、抱いた質問の一つを清一にぶつけた。この手法は清一から教わったものだったが、閉塞感が漂い始めた時には有効な手段だった。

「僕も気にはなったんだけど、二つの会社は競争相手だから談合の調査でないのなら重要なことではないと考えたんだ」

「じゃ、別のフロアーの関東エレクトロニクスの方ならどうかしら。全く関係なさそうだけど、資本関係はどうなのかしら。それに、家電だってＡＩが使用される時代だから、全く無関係だとは言えないでしょう」

と、里美が粘った。青森と同じ顔ぶれが東京で会っているということは、何かそれなりの意味がなければならないと考えてのことのようだった。

里美が合流して三十分ほど経った時だった。

「あっ」

清一が、慌てて声を呑み込んだ。

清一が驚いたのは、週刊サンニチの木村が西丸ビルから出てきたからだった。木村が中尾と面識があるのは知っていたが、この場に居合わせることなど思いもしなかった。

清一と里美は、一時間ほど監視を続けてからその場を引き揚げた。青森と同じ顔ぶれの会合だとは鵜呑みにできなかったが、だからといって、木村が同席していたとは考えにくかった。

「大利家戸さん、絶対何かありますよ。〝みちのく亭〟と週刊サンニチの記者については、調べておきますから」

二人が〝ふたたび〟へ戻ると、室建が慰めるように言った。

青森から上京しても、それに見合うだけの情報が得られるとは限らなかった。むしろ、から振りで終わることのほうが多いことも充分分かっていることだった。

「室ちゃん、調べるんだったら出湊や秘書のことばかりではなく、建物全体についてもお願いします」

と言った清一だったが、歯切れが悪かった。

木村が、ターゲットがいるビルから出てきたからといって、即関係があると考えるには無理があったが、見逃すわけにはいかなかった。

「大利家戸さんは、何か気になって新幹線に乗ったんでしょう。それって、何なのかしら」

お茶漬けを出しながら、里美が言った。

「そうですよ。何かピンとくるものがあったんでしょう。それは、何だったんですか」

「そうなんだ。出湊は事務所を出るとき、凄い剣幕で何か喚いていた。初めて見る光景だったんだ」

「それが気になって尾行したんでしょう。絶対出湊は誰かに会うために、上京したんですよ」

刑事の勘を信じている室建が加担した。それも名刑事の勘なのだから尚更のことだった。

「県議会議員の中平という人の動きも関係しているのかしら。もし、そうだとすれば、出湊の心中も穏やかじゃないでしょうね」

と、里美。今夜は清一が一泊することになっていたので、推理の醍醐味を味わいたいと考えているようだった。

「ところで、大利家戸さん。以前、特命捜査に政治家が関係しているようなことを話していましたが、今でもそのように考えているんですか」

室建が、食べ終えた箸を茶碗の上に揃えながら言った。

「外務省の職員が殺害されたことは、確かなことだと思う。殺害の原因を作ったのは政治家に違いないんだが、まだ、絞り切れていない。青森の事件が特命捜査と直接関係しているとは断言できないが、中尾と出湊の関係をみていると、そこにヒントがあるような気がするんです」

と、清一は何の躊躇いもなく心の内を述べた。

捜査する上で大切なのは、強い先入観を持たないことだった。強い先入観を持てば、情報を捻じ曲げてしまう事態に陥りかねなかった。そのため、小さな情報を集めて真実を紐解いてゆくのが、一番間違いのない方法なのだ。

だからといって、先入観がすべて悪いかというと、必要な時もある。情報量が少ない時や捜査の進展が遅い時などだが、そのような時には発想の転換が必要になった。ただ、先入観を持ち出したとしても、基本に戻ることを忘れてはならない。冤罪を作り出さないためには、整合性のチェックが不可欠となる。

「週刊サンニチの記者のことも気になっているのよね」

特命捜査に関する話が進展していないと見て、里美が尋ねた。

「あの場所に現れるとは思いもしませんでした。中尾とは暴力団がらみで繋がっているとも考えられるが、本当かどうかは分からない」

と、清一にしては歯切れが悪かった。

「それじゃ、見た目と違っているということですか」

室建が、疑念を抱くように言った。

「胡散臭いところはあるが、その見立てでいいのかと思う時がある」

「根はいい人かもしれないということ」

と、里美。

「うん」

「それじゃ、腹黒い中尾や暴力団と接触しているのは、何のため」

正義感の強い里美が、清一を牽制した。

「俺もそう思います。木村は、奴等の手先になって、情報を集めているに違いありませんよ」

と、室建も里美に賛同した。木村の動向を見ていると、木村が態《わざ》とそのように振る舞っているとは考えられなかったからだ。

「大利家戸さんが木村に声をかけられたのは、本郷三丁目駅周辺だったでしょう。その時は、スージーの事件があって上京していたのよね。何か関係があったのかしら」

木村が、中尾やその周辺人物の手先なのではないかとの憶測は既にあったが、木村にはそうしなければならない事情があるのではないかという思いが生まれつつあった。時には、逆転の発想が事件の真相解明には必要だった。けれども、木村が巨悪の一味ではないかもしれないという発想は、それ以上前進することはなかった。

「大利家戸さん、藤円さんのアテンダント情報で気になっていたんですが」

木村の件が一段落すると、室建が思い出したように言った。

「室ちゃん、何か引っかかることでも」

「そのアテンダントはマンションに住んでいるんだけど、賃料が四十万もかかるらしいんですよ。屹度《きっと》、何かありますよ」

と言った室建だったが、踏み込みがもう一つ足らないようだった。

「普通ならその半分くらいよね。不可能じゃないけれど、典子も吃驚していたわ」

「もう少し待ってください。今に誰と関係しているのか分かりますから」

と、室建が自信ありげに言った。

室建は清一に頼まれると、仲間をアテンダントに張り付かせていたが、なかなか尻尾をつかめないでいた。そこで、苦肉の策として、昔の刑事仲間に依頼してアテンダントの口座を調べようとしていた。

そのアテンダントは、二人の日本人が死亡した事件と清一やスージーが被害に遭った事件のいずれかの飛行機に搭乗していたはずなので、極悪に関係している誰かとの接点が分かれば、見張り役をしていた可能性が高かった。

清一たちは、外務省職員の殺害がアテンダントの協力なしでは不可能だと考えていた。シアトル行きの飛行機では、搭乗して間もなく食事が出され、食事が済んだ頃に照明が落とされた。多数の客は、就寝前にトイレに向かうのが常だが、犯行が行われた時間帯はピークが過ぎたころに違いなかった。

外務省職員の渡航歴は数回あったので、トイレに行く時間帯が予測できた。アテンダントは、トイレの利用者がターゲットであることを実行犯に伝えた。そして、犯行が行われた後、何らかの処置をした。

外務省職員が乗った飛行機の監視カメラを分析しても異常が見つからなかったのは、乗客や乗務員の行動に不自然なところがなかったからだった。しかし、被害者が死亡した時間から逆算すると、この時間帯に犯行が行われた可能性が極めて高かった。

翌朝、清一は何の収穫も得られないまま青森に向かわなければならなかった。合浦警察署に顔を出すことができたのは昼前だったが、日常と変わったことは何もなかった。清一の日常は時間が不規則だったので、一、二日誰かと顔を合わせることがなくても咎められることはなかった。

清一が昼食を済ませて署に戻ると、小村がやってきて声をかけた。

「大利家戸さん、無理しないでください」

と労《いたわ》った後で、小冊子の入った茶封筒を差し出した。それから、急ぐ案件ではないので、二、三日中に配布すればいいと言った。

清一が職場にいない時でも何かしらの仕事をしているのだろうと思っているのは、小村だけではないようだった。署長でも労《ねぎら》いの言葉をかけるのだから、他の署員もそのように思っているようだった。それは、清一の顔を見れば一目瞭然のことだったが、昨今署内で流れている噂が一因でもあった。本署で解決できない事件を清一に頼めば解決できるという噂が合浦警察署でも公然と話されるようになっていたからだった。

清一は、本署の様子を聞いてみることにした。直接浜道に聞けばいいことだったが、別の角度からの意見を聞いてみたかった。すると、小村が、本署の署長は板挟みにあってイライラが募り大変らしいと話してくれた。本部長からはカプセル事件と贈収賄事件の早期解決を迫られ、刑事課長からは外部からの参加を拒否されていたからだった。

別れ際、健康診断を受けるように注意された清一は、渡された茶封筒を持って逃げるように浅虫へ向かった。偶には逆回りして気分転換するのもよかった。また、大切な特命捜査に時間を割くためにも、職務を滞りなく済ませておくのが一番だった。

清一が、のんびりと海の青さを楽しみながら浅虫バイパスを走っていると、着信音が鳴った。

「大利家戸さん、仲間からの報告で気になることが……」

どこか浮かない様子の室建からだった。

室建は仲間に週刊サンニチの木村の見張りを頼んでいたが、この二、三日アパートに戻っていないということだった。近所の住人に聞いても行く先は分からない、親しいという人に聞いても何の連絡もなく留守にするのはおかしいという話だった。

木村に何かあったのではという疑念が、清一の脳裏をかすめた。断定できる理由などなかったが、どこかで特命捜査の方向性を左右する何かが起こっているような気がしてならなかった。

「室ちゃん、木村に家族は」

苦し紛れに清一が尋ねた。以前、室建に同じ依頼をしたことがあったが、今回は、切実さが違っていた。

「上京するまでに、何とか努力してみます」

室建は、木村が失踪することの意味合いを充分理解していなかったが、清一の声が異常と思えるくらい硬かったので、そう答えるしかなかった。

（七）

一九九〇年頃のことだった。

「騙されたか」

中年男が、吐き捨てるように言った。

中年男の名前は、上松洋介《うえまつようすけ》。有馬温泉にほど近い岡場の商店街で雑貨商を営んでいた。上松家では、戦後何代にもわたって岡場周辺で商売をしていたが、先祖代々所有していた土地が昭和のバブルで大化けをしてしまった。

バブル以前には一商店主でしかなかった上松は、預金残高が大幅に増えたことによって、商店街で役職がついただけでなく、地元信用組合の理事に就任した。最初は、信用組合の理事と言っても名ばかりで、末席に座っていればよかった。ところが、再開発で上松が所有していた原野に何十億円もの値段が付くと、ナンバーツーの副理事長にまで昇格した。

副理事長になると、上松には専用の理事室があてがわれた。二十平方メートルほどの小部屋だったが、会議が開かれる前にそこで過ごす時間は格別だった。生け花を見ながら音楽を聴き、街を俯瞰《ふかん》する気分は最高だった。そのため、上松はこの場所を離れたくないと思うようになっていった。

待遇がよくなった上松だったが、副理事長になると仕事量が多くなった。信用組合の会議に出席するのは勿論のこと、信用組合以外で行われる会合にも出席することが多くなった。また、理事長の代理として各方面の代表と懇談する機会も出てきた。

いろいろな職務の中で上松を悩ませるようになったのが、保証人になることだった。上松が直接関係していない事案であっても、信用組合にとって不都合になるような場合に対応を余儀なくされた。例えば、書類上必要な保証人や連帯保証人が不在になった時、理事長や理事長に準ずる副理事長の名が記載されることになっていた。後日、保証期間が過ぎると記載から外れることができたが、記載されている期間は神経質にならざるを得なかった。信用組合の説明では、連帯保証人になることがあっても心配はいらないとのことだった。不動産担保があるので、保証金額はそれ以内で済ませるのだと言う。

上松洋介は、保証人になることに無頓着になってきていた。大きな貸し倒れもなかったので、慣れが生じてきていたのだ。保証人になるときには、事前に部長から事案の説明がなされた。リスクがどのくらいのものかや他の保証人の担保力も聞かされていたので、不安になることは少なかった。

ところが、ある時点から雲行きが怪しくなってきた。世代交代で高齢の理事長が辞めることになったのが始まりで、その後理事の改選が頻繁に行われるようになった。それは、職員の人事にも及ぶようになった。部長の顔が変わり、次期部長と目されていた人が左遷されたりもした。そのため、情報量が極端に少なくなった。連帯保証の残高についても信用組合の決算についての説明も何も報告はなかった。

上松は、懇意にしていた社員に信用組合の内情を聞いてみた。すると、合併話が持ち上がっているようだと囁いてくれた。理事の耳にも入らないほど内々で進められている計画は、大蔵省主導で進められていたもので、赤字経営が続いている金融機関が対象になっているらしいということだった。上松は、耳を疑った。報告では黒字経営という話だったが、内情では粉飾決算をしていたのだ。

社会全体が不況一色になると、合理化のもとに合併話が独り歩きするようになった。従来の社内規則は隅に追いやられ、幅を利かせるようになったのが吸収する側の思惑ばかりだった。人事は勿論、経理、服務規律にしても従来慣れ親しんだものが通用しなくなった。

上松にも濁流が押し寄せた。そして、大きな問題となって浮上した。それが、連帯保証だった。従来であれば、時間の経過とともに債権額が減少し返済が滞りなく終了するが、貸付が不正貸付だと判断されて債務整理することになった。

残った債権額が、三億八千万円。他の連帯保証人の名前が姿を消してしまったために上松だけに返済義務が残ることになった。この合併話に便乗していた政治家が、中尾作嗣だった。

中尾は、金融機関が合併する場合は、できるだけ不良債権がない状態で行うという目標を持っていた。当然と言えば聞こえはいいが、中尾が考えている不良債権はその実態がどうであれ、過去に遅滞があったり返済計画に無理があると判断すれば、借入先の財務状況が悪いと断じた。そのため、上松が連帯保証人になっていた三億八千万円の不良債権は、上松が負担しなければならないことになった。

当初、信用組合では何とかすると言っていたが、時間が経過すると返済してくれないかと催促するようになった。

上松は、針の筵《むしろ》に座っているのも同然の日々が続いていた。最近、自殺を促すような言葉も露骨に言われるようになっていたからだった。相手の言い分は、不動産を処分しても返済できないのだから、生命保険でも充てろというのだ。信用組合が受取人になっている団体保険のことも出てきた。こちらは、職員が多数加入しているので、信用組合には億単位の金額が入ってくるようだった。

最終会議が神戸市内で行われた。会議が終わった後、上松は一人で新神戸駅から地下鉄に乗って谷上《たにがみ》駅へ向かった。妻には、何日か前に合併話があることを伝えていた。また、保証人になっていたことも、全財産が失われることも打ち明けていた。そのため、車中での上松の心は決まっていた。ただ、死に場所をどこにするのか、決心がついていなかった。

谷上駅に着いた上松は、なぜか改札を通過しなかった。それは、谷上では上松の魂を受け入れてくれないような気がしたからだった。そのため、上松の足は神戸電鉄有馬線のホームへと向かっていた。

花山《はなやま》駅、大池《おおいけ》駅に停車しても、上松は下車しなかった。その後、有馬口駅に着いて一度は下車したものの、思い直したかのように三田線の電車に飛び乗った。そこには、死の決心はついたが、死に場所へのこだわりの強い男がいた。

五社駅をもやり過ごした上松は、いつもの岡場駅の改札をくぐった。ここが、気持ちが一番和むところだった。そして、山がある方向へ向かって歩き始めた。

上松の遺体は、翌日の夕方になって、職員によって発見された。上松が帰宅しないので、心配した家族が会社や警察へ連絡したからだった。上松の部屋から遺書が発見されていて、自殺と判断された。

一見、多額の負債を苦にした自殺とみられたが、妻には別にもう一通の遺書が残されていた。その遺書には、心の苦痛な叫びが綴られていた。その遺書の存在によって、上松の妻は酷いうつ病になってしまった。そして、一年も経たないうちに逝ってしまった。

残された子供の洋一《よういち》と優華《ゆうか》は、それぞれ養子縁組をして別々の暮らしをすることになった。二人の受け入れ先は、両親が信頼していた兄弟のところだったので、両親を失った子供たちの環境としては恵まれていた。

木村姓になった兄の洋一は、兵庫県内の高校を卒業すると、東京の大学へ進学した。それは、父上松洋介を死に追いやった中尾に復讐するためだった。洋介の遺書には、合併の際、洋介に多額の負債を負わせたのは中尾だと書いてあった。

合併の際、中尾は自分の立身出世のために不良債権を小さくする必要性に迫られていた。そこで考えたのが、死亡保険金だったのだ。信用組合では役員や職員が信用組合を受取人にした団体保険に加入していた。そのため、副理事長が死亡すれば多額の保険金が入り、不良債権額を減らすことができた。中尾は何としてもこの制度を利用しようと考えた。洋一は、父の無念を思うと、何がなんでも国会議員にまで出世した中尾に復讐したかった。

洋一は、情報を集めるためにマスコミの関係者になろうと思った。最初は小さな会社で経験を積み、実力がついてから大きな会社を目指すことにした。大手の新聞記者であれば多くの情報を期待できたが、目立つことが多いからだった。そこで選んだのが、小規模の週刊誌の記者だった。小規模の週刊誌の記者なら余程のスクープ記事でも書かない限り、注目されることはないと判断したからだった。徐々に力をつけ信用を得て、やがて大手に移行するか、フリーの記者になってスクープ記事を大手メディアに持ち込めばよいと考えた。

洋一が中尾に復讐する目的は父親の無念を晴らすためだったが、殺害することではなかった。中尾が大きな権力の座に就いた時失墜させ、どん底を味わわせるのが掲げた目標だった。

実力を身につけ週刊サンニチの記者になった洋一は、時間を見つけては中尾の情報を集めた。しかし、中尾の政治活動からは決定的なスキャンダルを見つけ出すことはできなかった。国会議員になったばかりの中尾には、強引とも言える言動が目立っていたが、当選回数を重ねるにつれて慎重さが際立つようになっていた。それは、党の役職に就くと更に磨きがかけられた。役職以外での言動を控えるようになったためだった。

洋一は、焦りにも似た思いを抱くようになっていた。そんな時、脳裏をかすめたのが、警視庁きっての名刑事が大物政治家の大田原に食い下がった一場面であり、その姿勢は、警視庁から左遷されて田舎刑事になっても変わらなかった。

名刑事だった清一なら、鋭い感覚で中尾の弱点を掴んでくれるのではないかと考えた洋一は、清一に接近してみようと考えた。そこで、清一の警視庁時代から現在までの情報をできるだけ細かに集めてみた。そして、度々上京して何かを捜査していることを掴んだ。

詳しく調べてみると、清一が捜査していた事件はいずれも難事件だった。そして、清一が捜査していた事件の時には、警視庁の刑事が動いていないことがほとんどだったので、清一が誰かから依頼され、秘密裏に捜査しているのではないかと考えられた。

それは、事件が解決した後、清一が表面に出ていなかったことからも推測できた。実際は清一が真相解明したにもかかわらず、スポットライトを浴びることもなく、恰も地元警察の手柄のようになっていた。

洋一は、正義感に燃える清一を見いだして、百万力を得たような気分だった。ただ、清一を見つけたからと言って、信頼関係を築けたわけではなかった。洋一は、復讐計画の緒《ちょ》に就いたばかりだった。

ある日の夜、洋一がほろ酔い気分で歓楽街を歩いていると、飲食店から出てきた男に声をかけられた。見たところサラリーマン風の男は、誕生日を一緒に祝ってもらいたいようだった。

特段悪さのないような男は、安価な居酒屋ばかりはしごしているのか、バーやスナックには目もくれなかった。

決して注意を怠ったわけではなかった。しかし、洋一が正気に戻った時には陽気な男はどこかへ消え去り、囚われの身になっていた。洋一は、もしかしてと思った。取材活動をしていて、このような仕打ちを受けなければならない記憶が、思い当たらないからだった。

暫く小さな暗闇の中で考えた洋一は、中尾ではないかと思った。中尾に気づかれないようにしていたつもりでも、中尾が出世栄達のために過去の汚点について調べていたとすれば、あり得ることだった。妹の優華が何かしたのかとも考えてみたが、否定せざるを得なかった。優華には、見とどけ役を頼んでいたからだった。

地下室ではないかと思われた六畳ほどの小部屋には、明かりもなく備品が一つもなかった。ドアには差し入れ口があり、飲み物の提供があった。ただ、差し入れがあったのは監禁されてから二日も経ってからだったので、洋一は方針が変わったからではないかと思った。

最初は餓死させるつもりだったのが、依頼主と犯行グループの間でトラブルが発生したのかもしれなかった。

洋一は、脱出や外部への連絡方法を考えてみたが、前に進めなかった。空腹で思考回路が遮断されてしまったからだった。それでも、洋一は簡単に諦めるようなことはしなかった。何かして一矢報いたいと思った。

洋一は野菜ジュースが差し入れされた時、ありったけの力を振り絞って壁に向かって匍匐《ほふく》前進《ぜんしん》した。それから、野菜ジュースを袖口にしみこませ、「しょうこはＳＤカード」と、壁になぞった。願いを込めた十の文字は薄くて心もとないものだったが、名刑事なら必ず読み取ってくれると信じて大きめに書いた。

監禁されてから五日目の夜、洋一の姿が晴海通りの小路にあった。けれども、その状態はというと、監禁されていた時よりも酷いものだった。顔は腫れ、足を引きずらなければならないほど痛めつけられていた。

不良少年たちに暴行を加えられるたび、洋一は呻いた。呻かなければならないほど、体力も気力も消耗していたからだった。

「こらー」

洋一の耳を、そんな音がかすめた。続いて、

「お前たちー」

という声とともに、カッカと駆けてくる足音が響いた。

「室ちゃん、救急車」

清一が、そう言い放つやスピードを上げた。

清一は、三人が晴海通り方面に逃げたのを確認すると、それとは反対の倉庫群がある方に向かって歩き始めた。ベテラン刑事はこのような体験を幾度もしていて、不良少年たちの行動が予測できた。

清一は倉庫群の一角で辛抱強く待った。犯人は、アジトから遠ざけるために逆方向に逃走するが、頃合いを見計らってアジトに戻るものだという先輩の教えを守っていた。すると、一時間ほど待ったころ三つの影が戻ってきた。

三人の不良少年は、小さな倉庫の前で立ち止まると、入念に周囲に注意を払ってから建物の中に消えていった。

この場面での飛び出しはしないと決めていた清一は、銀座へ向かって歩き出した。三人が消えた倉庫が監禁場所だと分かればそれで充分だった。

「大利家戸さん、お見事」

室建が満面の笑みを浮かべて言った。

「室ちゃん達のお陰だよ」

厨房に向かって清一が叫んだ。

清一は、室建から木村が失踪したのではないかという情報を聞いた翌日に上京した。そして、室建が集めた情報を分析した結果、晴海埠頭方面が怪しいと睨んだ。

木村のアパートは上野にあったが。防犯カメラで確認されたのが六日前の昼だった。清一は、警視庁時代の友人に目撃情報がないか頼んでみた。すると、その中に三人組に関する情報があった。三人組は田中組傘下のチンピラで、普段いろいろな悪さをして遊んでいるが、この二、三日姿を消しているということだった。

仕事の依頼があったのではないかと考えた清一は、更に三人組に絞って情報を集めてみた。すると、晴海埠頭界隈をアジトにしていることが分かった。

木村が失踪したと思われる日から六日が経っていた。このようなケースでは、犯人側からはっきりとした要求がなければ、殺害されている可能性が高かったが、清一には一縷《いちる》の望みがあった。それは、拉致したと思われる三人組が、街に姿を現していないからだった。このような輩は、現金を掴めば身を潜めていることはできないものだ。まだ生きている。屹度、どこかで……。

翌日、青森に戻った清一は、休暇願を提出した。特命捜査が一気に解決するとは思われなかったが、大きく前進するように思われた。室建からの情報によれば、木村が殺害されなかったのは、「しょうこはSDカード」と壁に書き残したからではないかということだった。実際、木村のアパートの部屋は荒らされていたし、盗聴器が仕込まれていた。犯人は、木村を単に解放したわけではなかった。「しょうこはSDカード」を見つけるため、木村の周辺情報を探り出すために解放したのは確かなことだった。

首謀者が中尾だとしたら木村を拉致した理由は何か、と清一は考えてみた。木村が何らかの理由で中尾を恨んでいて、それを裏付ける行動をしていたということなのか。清一は、否と結論付けた。清一に接触してきた木村は、相当慎重に行動するタイプのようだったからだ。

中尾は大きな肩書を得るために、殊更身辺に注意を払っているように思われた。そのため、過去に汚点があったとしても、不用意に清算するようなことはしないような気がした。

清一たちがあの場に駆け付けなければ、木村は死んでいた可能性があった。その場合でも、「しょうこはSDカード」の走り書きさえ見つければ、中尾に辿りつく可能性はあった。ただ、余程確かな情報を掴んでいなければ、追い詰めることなどできないものだ。

木村の拉致が中尾以外の者の可能性も考えられたが、清一は排除した。ここでは、特命捜査に関係したものに絞り込まなければならなかった。それは、木村が清一に接触してきた理由の中に中尾が含まれていない場合には、特命捜査と全く関係のない案件になるからだった。

それにしても、木村は絶体絶命の窮地の中で、よく「しょうこはSDカード」と書いたものだと、清一は思った。本当か嘘かは別にして、生きながらえることになったのだ。もし、その一文を壁に書いていなければ、殺害されている可能性が高かった。

中尾が大物政治家になるためには、幾多の修羅場をくぐってきただろうと、清一は思った。大物政治家の二世、三世ではない中尾がのし上がるためにはいくつもの汚水を啜ってきたに違いない。

何日か経って、室建から清一に報告がきた。それは、木村の両親が中尾の犠牲者になっていたという内容のものだった。兄妹の養子縁組の詳しい経緯も分かり、木村姓は養子縁組の後のことだとも分かった。

清一は、室建からの報告を踏まえて、木村がなぜ清一に接触してきたのかを、もう一度考えてみた。最初、木村は中尾の手先なのではないかと考えたこともあったが、そうでないことは確かなことだった。

それでは、何のための接触だったのかと考えて、背筋が冷たくなった。木村が、中尾復讐計画に清一を組み込もうと企んでいるのではないかと考えたからだった。

特命捜査は、義兄から依頼されたものだが、知っているのは一部の限られた者だけだった。まして、今回の特命捜査は外務省職員の死についての調査で、中尾に関わるものではなかった。それでは、木村は、今回の特命捜査と関係のないところで清一と中尾を関係付けたのだろうか。

室建の情報の中には、スージーの来日予定のこともあった。表向きは、外務省や警視庁と打ち合わせということだったが、一番の目的は清一に会うことのようだった。

週刊サンニチ記者木村の養子縁組前の名前は、上松洋一だった。木村の父洋介は金融機関の理事だった時、多額の連帯保証人になっていて自殺に追い込まれた。木村は、中尾が洋介を自殺に追い込んだ張本人だと思っていて、復讐を誓っているようだった。

夕方、清一が棚の上を整頓していると、浜道がやってきた。

「大利家戸さん、何か良いアイデアはないですか」

覇気のない目をした浜道が尋ねた。

「アイデアって、例えば、どんな」

清一は、次の上京のことで頭がいっぱいだったので、同じ口調で返した。

「決まっているじゃないですか。キックバックですよ」

「キックバックって、発注側が納入側から見返りをもらうこと？」

「そうです。大利家戸さんも気づいていたんでしょう。出湊が事務所から出てきたときの不機嫌そうな顔。後で探りを入れてみたら、東京から軍資金が届いていないからだそうです」

「それで、キックバックはどこから」

「例えばですよ。入札に関係する話があった場合、中尾代議士に関係のある業者がA、B、Cの三社あったとします。もし、B社が一番多く政治献金をしていたら、B社に有利にいくように計らいませんか。その理屈で仕事が地方へ回れば、地元企業から出湊へ、出湊から中尾へということになりませんか」

そう言って返答を迫ったものの、清一ははっきりしたことを口にしなかった。

浜道は、なかなか話に乗ってこない清一に、業を煮やして帰っていったが、その後の清一の心はざわざわと波立ち始めた。特命捜査でもキックバックのことを考えていないわけではなかったが、浜道の口をついて出た時、はっと思った。

子分が親分にあやかりたいと思った時、真似をすることはよくあることだった。外務省職員殺人事件でも、キックバックのことに気づかれた中尾が仕組んだことだとしたら、充分にあり得ることだった。けれども、発注が外務省とは考えにくいので、経産省とか防衛省の名前が浮上してきた。

もし、外務省職員がキックバックに関しての確かな情報が欲しくて渡米したとすれば、そして、その情報を掴んだ経産省職員が事件現場に現れたのだとすれば、辻褄の合った光景が浮かんでくる。

清一は、防衛省ではないかと思った。デベロッパーにとって、長期間にわたって利益が見込めるカジノはキックバックの有力候補だが、まだ緒に就いたばかりの現時点では、防衛力増強の方が現実的だった。

清一は、金の流れについても考えてみたが、すぐに止めた。たとえ、そのような図式が成立したとしても、振り込みが直接中尾の口座になされることはなく、海外口座で処理されるだろうと考えたからだった。

（八）

清一は、休暇願が受理されると、直ちに上京した。

「〝みちのく亭〟の入っているビルの所有者は、大手不動産会社でした。それから、七階のフロアーは、中尾の関係者が借りていました」

お茶をごくりと飲んだ後で、室建が言った。

「木村の行動は、既に察知されていたと思う。〝みちのく亭〟にまで乗り込まれたので、放っておけない存在になったというところかな」

と言って、清一が寂しさを滲ませた。被害者が再び被害者になったことで、やりきれない思いになったようだ。

二人が、木村に関しての情報交換をしていると、

「ただいま、大利家戸さん来ているー」

と言って、里美が帰ってきた。何かの会合にでも出席したのかいつもとは服装が違ってい

た。

「どうだった。会えたんだろう」

里美が小座敷に上がると、室建が尋ねた。

「横浜駅であったんだけど、白楽から座間《ざま》の方へ引っ越したんですって」

「里美さんは、尾崎さんの所在をどうして知ることができたんですか」

「葬儀屋さんからお寺を聞き出して、住職から連絡してもらったの。会ってもらえるかって」

「そうでしたか」

清一が、大きく頷いた。葬儀店や寺の他にも、協力してもらった人が複数いたに違いないのだ。

「それで、新しい情報はあったのか」

室建が、待ちきれないとばかりに催促した。

「今日は、会っただけ。明日、もう一度会うことになっているわ。大利家戸さんと一緒にね」

「えっ、明日」

と室建。

「だって、住職に依頼した時、名刑事の話を出したもの」

「お前、大利家戸さんの名前を出したのか」

「名前は出さなかったけど、きっと、名刑事が真相を解明してくれるはずだとは言ったわ。何か言わなかったら、拒否されると思ったから。奥さんに会って、初めて元警視庁の刑事の大利家戸だと話したら、何と言ったと思う……。角違刑事のことなら知っていますって言ったのよ。住職から話を聞いた時、もしかしたらと思ったそうよ」

里美が、清一の顔を見てにっこりと笑った。

「外務省職員の奥さんも知っているんだ。大利家戸さん、凄いじゃないですか」

と、破顔一笑の室建だった。

「ただ、外出の時、尾行されているような気がしたこともあったと言っていたわ。明日は、注意しなきゃ」

尾行が気になるということは、やはり事件性が高いと清一は思った。単なる過労死なら、尾行が継続されることなどないものだ。

翌日、清一は里美と一緒に横浜へ出かけた。約束の横浜駅西口に着くと、清一は里美から離れて行動した。尾行があるかどうか確かめるためだったが、短時間では困難なことだった。

二人の後を追ってゆくと、示し合わせた場所はホテルのロビーだった。初対面の清一は、里美の紹介で挨拶を交わした。尾崎の妻は、着席した清一に深々と頭を下げてから、

「主人の物です」

と言って、一冊の日記帳を差し出した。

「拝見します」

清一は、日記帳を手にすると、最後のページから読み始めた。裏交渉などという文字は書かれていなかったが、文章には裏交渉を予感できる部分が何か所もあった。「Naから忠告」という文字が、清一の脳を刺激した。忠告されるのだからナトリウムであろうはずがなかった。単純に中尾の秘書と解していいのか戸惑っていると、

「あの、気になっていることがあるんです」

と、尾崎の妻が付箋のついたページを見るように指摘した。付箋の横には、「長田3―18―1」と住所のようなものが書いてあるだけだった。

「なぜ、これが気になるんですか」

刑事の一端を覗かせるように、清一が尋ねた。尾崎の住所録や地図帳を見ればすぐに解決できるはずのメモが、どうして気になるのか質《ただ》した。

「以前、尾崎がノートの右上の余白に、大切な事柄をメモしていたことがあったものですから……。私の記憶では、わたくしとの結婚と子供の名前くらいでしょうか」

と言って、清一の反応を待った。

「そうですか。尾崎さんにとって余白のこの部分は、余程大切なところだったんですね。それで、調べてみたんですね。尾崎さんの住所録や地図帳を……。でも、なかった」

「はい……」

清一たちは、〝ふたたび〟に戻った。

里美は、清一に「長田3―18―1」について本田記者に調べてもらうことを提案した。すると、二時間ほどで調査結果が届いた。

「清さん、本当に〝おさだ〟でいいんですか。〝ながた〟というところを含めても何か所もありませんでしたよ」

本田記者から懐疑的な言葉が飛び出した。

本田記者が調べた結果は、誰でもインターネットで調べられるようなものだった。例えば、長田《おさだ》については、福島県の猪苗代駅の近くにあるが、その他に単独で長田《おさだ》が使われているところはなかった。長田《ながた》と読む場合、神戸市の長田区が有名だが、その他にはあまりなかった。

永田についての報告もあった。千代田区永田町は誰もが知っている国会議事堂のある場所だが、その永田町に三丁目はなかった。そのため、栃木県那須塩原市や静岡県富士市にある永田町などが候補にあげられるが、これといった場所はなかった。

「清さん、『長田3―18―1』が住所以外のことを表しているとは考えられませんか」

本田記者が、清一を心配して言った。

清一は、本田記者の意見はもっともなことだと思った。書き残された「長田3―18―1」を暗号文だと理解すればいいだけのことだったが、尾崎がどのような意図で書き残したのかは、皆目見当がつかなかった。

「大利家戸さん、尾崎の奥さんに会えたんだから、大きな収穫でしたよ。今日は、それで良しとしたらどうでしょう」

室建が、労うように言った。

「そうしますか」

清一が今一番しなければならないことは、預かった尾崎の日記帳から、何故殺害されなければならなかったのかという情報を探し出すことだった。それには、どのような裏交渉がなされ、何のために単身シアトルに行かなければならなかったのか、炙り出さなければならなかった。

裏交渉に必要なのは、交渉が決裂しそうなとき、交渉をまとめるために交渉相手の周辺から情報を集めたり、周辺の環境を整えたりすることだ。しかし、時には直接会って説明したり、交渉が好転するように煽ることもあった。

日記帳を読んで分かったことは、経産省が抱えていた貿易問題を他の省庁へ転嫁するために悪戦苦闘していたということだった。アメリカ政府との交渉は、最後は必要性のない高価な防衛設備を購入することで解決することだったが、それでは財務省が納得しなかった。

尾崎の妻から伝わってきたのは、公僕でありつづけたいという尾崎の信念だった。座右《ざゆう》の銘が〝世界平和〟なので、私欲に走ることを殊更嫌っていた節があった。

尾崎が殺害されたのは、表向きは個人的に渡米していた時ということだった。けれどもそのようなことはなく、アメリカで誰に会い、どのような情報を得ようとしていたのかが重要なポイントだった。残念なことに、日記帳にはそれに関しての記述はなかった。

裏交渉の任務に就いていた尾崎には、貿易相手国である日本に対してのアメリカの赤字幅の情報も重要事項の一つのようだった。日米二国間での貿易黒字は日本側に発生することが多く、アメリカでは赤字幅縮小のために懸命になっていた。

清一は、尾崎の渡米目的を何かの調査のためではないかと睨んでいた。外務省の許可を取らなかったのは、身内にも秘密にしてそのような行動をとらなければならなかったと推測できたが、絞り切れていなかった。

そこで、清一は本田記者に相談してみることにした。新聞社の政治部なら、裏交渉に明るい記者がいるように思えた。

「忙しいのに悪い。外務省職員が死亡した件なんだけど、その頃、変わった話がなかったか知りたいんだけど」

清一が、遠慮気味に言った。

「僕は聞いたことがないけど。急がないんだったら先輩に聞いてみます」

元気印の本田記者の声が、いつになく明るかった。「長田3—18—1」の調査依頼も今回の問い合わせも、清一が捜査上必要なピースだと思うと、ワクワクするのだろうか。

清一にとって本田記者の明るさは、実に心強いものだった。

清一は、室建からスージーが二、三日中に来日することを聞いていた。スージーがどんな情報を持って来日するのか、尾崎の妻から渡された日記帳との関連情報があるのか、楽しみなところではあったが、まだまだ情報が不足だという不安に襲われた。

翌朝、清一は思い立ったかのように新幹線に乗った。「長田3－18－1」が神戸市長田区に関係したものだと考えたわけではなかったが、思いついたらこまめに当たってみるのが一番だった。それに、兵庫県は週刊サンニチ記者の木村や代議士中尾の原点だった。現地へ赴けば、なにがしかの情報が得られるかもしれなかった。

京都駅や新大阪駅では噂通り、外国人の乗降客が目立っていた。清一は新神戸駅で下車すると、地下鉄で谷上駅へ向かった。

有馬線で花山、大池を過ぎて有馬口に到着して三田線に乗り換えた時、ホームを歩いていた旅行客にくぎ付けになった。その旅行客が週刊サンニチ記者の木村に似ていたからだった。晴海埠頭で瀕死の状態で発見された木村は、かなりの衰弱をしていた。また、体中に暴行を受けていたので入院治療を余儀なくされた。けれども、確かに木村だった。

木村の後から歩いてきた男にも見覚えがあった。男は中尾の秘書に違いなかったが、清一の脳裏では特命捜査における木村の存在が大きくなりつつあった。特命捜査の黒幕と目されているのが中尾、その中尾が煙たい存在に思っているのが木村のように思えたからだった。

有馬温泉駅は、有馬口駅の次の駅、そして、終点だった。そのため、清一には素朴な疑問が湧いた。それは、有馬温泉から尾行されていることに気づいていないのだろうかということだった。

清一は、木村と中尾の秘書の後を尾けることにした。木村は谷上駅で地下鉄に乗り換えると、新神戸駅で躊躇うことなく新幹線に乗車した。その後、新大阪駅で乗り換えて大阪駅へ向かった。

清一は、木村が在来線の改札口に向かうのを見届けると、新大阪駅へと引き返した。尾行を続けても新情報が得られる可能性は低いと考えたからだった。

新幹線に乗車した清一が弁当を食べようとしていると、

「失礼します」

と、隣の座席から声をかけられた。大阪駅まで尾行した週刊サンニチ記者の木村だった。ご飯を口に運んだばかりの清一が驚いた顔をしているのを見て、木村が続けて言った。

「先日は、ありがとうございました」

と言って、木村が深々と頭を下げた。

「君は、大阪駅で在来線乗り場へ行ったんじゃなかった?」

「はい、そうですが。奈良行きの電車には乗らず、引き返したんです。乗ったのは尾行していた中尾の秘書です」

「君は、尾行されていたのを知っていたんだ。僕のことも」

「はい。有馬口で三田行きの電車に乗っていたのを見て、驚きました。大利家戸さんが神戸に来ているとは、考えてもみませんでしたから」

「ある議員の故郷が兵庫県だと分かって、それで」

「その議員って、中尾のことでしょう。大利家戸さんは、今回は中尾を追っているんだ」

と言って、清一を凝視した。

清一は、木村の質問に直接答えることはしなかった。木村は拉致事件の被害者だったが、分からない部分が多く残っていた。

「ところで、君は兵庫県に何をしに」

「両親の墓参りをしに来ました」

木村は、そう言って唇を噛んだ。

「そうでしたか……。それだけのことで尾行されたんですか」

「中尾は、今が大事な時なんです。大きな肩書を狙っているようなんです。そんな時、僕に動き回られたら、目障りなんでしょう。僕の父は地元金融機関の理事だったんですが、合併の時、中尾の策略で連帯保証人として責めを負わされたんです。それを苦に父は自殺、母も体調を崩し父の後を追うように亡くなりました。だから、中尾は僕の仇なんです」

と、木村は悲痛な面持ちで話した。

清一は、室建から木村の過去について聞いてはいたが、本人の口から具体的なことを聞くのは初めてだった。

「中尾との間に、そんなことがあったんだ」

清一は、何か言葉を探してみたが、適当な言葉は見つからなかった。ただ、慰めるつもりはなかった。清一自身，似たような体験をしていたので、慰めが効果的なのかどうか疑問だったからだ。

「中尾を恨んでいるのは、僕たちばかりじゃない。いつもそんな噂を聞いていましたから」

「君は、なぜ〝みちのく亭〟へ行っていたんだ」

清一は、疑問に思っていたことを尋ねてみた。木村が復讐心に燃えていることを知って、中尾の仲間でないとは思ったが、木村が中尾と〝みちのく亭〟の関係について知らなかったことが解せなかった。

「〝みちのく亭〟ですか。女将は、中尾と同郷です。このまま何もしないでいれば、中尾は大きな肩書を手にすることになります。だから、危険を冒してでも抵抗しようと考えたんです。今回は、拉致されちゃいましたけど」

「危険を冒さなくても、誰かに相談することもできたんじゃないですか」

「大利家戸さん、本気で言っているんですか。被害が起きてから来てください、殺害されてから来てください、それなら動きますって言っているようなもんですよ。疾うの昔から被害者なのに」

木村が、恨めしそうな顔で言った。たとえ、清一がその中に入っていないとしても、多くの警察関係者がそうだと言っているのだ。そして、多数がサラリーマン的な事なかれ主義者で、個々の事件を未然に防ごうという気など、全く持ち合わせていないと言っているに等しかった。

清一は、全く反論できないでいた。署内にいてもご都合主義がまかり通っているのだから尚更のことだった。制服を着ているときにはその場限りの正義をかざしているが、信念の裏付けがないので、口先だけの正義にしか感じられなかった。そして、権力の行使はしても人間性が伴わないので、貧弱な対応になることが多かった。

「警察を批判するようなことばかり言ってすみません。拉致された時、多分殺されると思いました。ただ、犬死だけは御免蒙りたいと思って、壁に『しょうこはSDカード』となぞったんです。それがあったために、解放されたのかどうかは分かりません」

「多分、犯人は壁に描かれた文字を見て、上の判断を仰いだはず。でも、完全に解き放したりはしなかった。君にSDカードのことを吐かせようとしてチンピラに痛めつけるように命じ、それでも吐かないようなら解放して探りを入れる。そんな時、僕たちが駆け付けた。それで、『しょうこのSDカード』には何が？」

と言って、清一はドキッとした。特命捜査をする上で大切な情報かもしれなかったが、反対に木村から何か頼まれた時、断れないことになりかねなかった。

「大利家戸さん、心配しないでください。SDカードなんてないんですから」

木村が、清一の心の中を見透かしたように言った。

それから暫く、二人の会話は途切れたままだった。窓の外を眺めると、和やかな街並みと田園が交互にくり返し映し出されていった。偶に、山間部がアクセントになっていたが、それは、和やかさを損ねるものではなかった。

熱海を過ぎて小田原が近くになると、木村が席を立ちデッキへと向かった。二人には心の整理ができる時間が必要だったのかもしれなかった。

清一は品川駅で下車すると、〝ふたたび〟へ向かった。

「神戸は、きれいな街だったでしょう」

清一が所定の位置に着くと、里美が尋ねた。

「それで、何か収穫はありましたか」

清一が頷くのを見て、室建が聞いた。

「帰りの新幹線で週刊サンニチ記者の木村さんと一緒になりました。尾行されているとばかり思っていたら、大阪駅で尾行を振り切って新幹線に乗ったようです」

と、清一がさらりと言った。それから、最近急接近している木村と中尾の関係を説明した。

「そうだったんですか。でも、裏付けをとってみます」

敵だとばかり思っていた木村が味方になり得る存在だと聞かされて、室建は慎重になった。

「室ちゃん、お願いします」

清一が、いやな顔を見せずに言った。このような時には、後悔しないためにいくつかのチェックがあって当然だった。

夕食の準備が整い清一が食べようとしていると、着信音が鳴った。本田記者からの着信だった。

「昨日の件ですけど、先輩から情報が届きました。尾崎さんは、経産省の原発事故処理とかAI技術とかの案でまとめたかったらしいんですが、横槍が入って悩んでいたようです。それで、向こうの真意を探るために渡米したのではないか、という話です」

「横槍を入れたのは」

「防衛省ではないかと」

電話が終わると、清一は二人にありのままを伝えた。

「予算を決めるのは、財務省でしょう。それじゃ、中尾が防衛省と財務省を動かしているということ?」

清一の話が終わると、直ぐに里美が聞いた。

「もしそうだとすると、尾崎さんはアメリカの担当者にその辺のことを確かめるために渡米したことになる」

清一が答えないので、室建が話を繋いだ。

「兄さん、アメリカの担当者って誰のこと?」

「そりゃ、裏交渉の相手だろう。そうでしょう、大利家戸さん」

と言って、室建は清一に助けを求めた。

「裏交渉って、余程の信頼関係がないとできないようです。相手にとっても利害が一致するところを模索するわけですから……。尾崎さんは、横槍の正体を暴くために、単独で渡米したと思われます」

「こうは考えられませんか」

と言って室建が話し出したのは、キックバックだった。

経産省との交渉が難航していることに業を煮やした巨悪が考えた米側と妥協できる方策は防衛装備だった。防衛力増強をうたい文句にすれば、日本としても恰好がつけられるからだった。

財務省としては、無駄な防衛装備に金をかけたくないのが本音だとしても、大物政治家が関係しているとなれば、わが身可愛さで仕方のないことだった。それに、経産省の場合には多数の業者が介入するのに比べて、防衛省の場合には少ない業者で済むようだった。

「室ちゃん、僕もそう思う。キックバックというおいしい話があるのに、尾崎さんが動くものだから、目障りだったんでしょう」

清一は、室建の必死の推理に満足そうだった。

推理はできても、それを実証できる証拠が何一つなかった。裏交渉をしていて疑問を抱いた尾崎が殺害されたとしても、殺害を実証できる証拠を未だに掴んでいなかった。また、先頃起きた週刊サンニチ記者の木村の拉致にしても、路上での暴行事件が主で、拉致されたことでの捜査には至っていない。計算されているのではないかと、清一は思った。極悪に近づくのを避けるために、捜査の目を別に向けようとしているのではないか。

上京して四日目、玉田から上京する旨の連絡が入った。玉田は、本田記者が調べてくれた佐伯について追っていたが、有力情報を掴んだということだった。

清一は、尾崎のメモが気になってしようがなかった。「長田3―18―1」が何を示したものなのか、全く見当がつかないからだった。神戸市長田区周辺に行ってはみたものの、尾崎が暗示したようなものは思い浮かばなかった。そこで、清一は福島県猪苗代《いなわしろ》町へ行ってみようと思った。長田という地名は他にもあったが、その殆どが吉祥院《きつしょういん》長田町や下津《おりづ》長田町などのように長田を含んだもので、長田と単独であるものは猪苗代町にある長田だけだった。

東京駅始発のやまびこに乗車すると、郡山《こおりやま》駅には一時間二十分ほどで着いた。郡山駅で磐越《ばんえつ》西線《さいせん》へ乗り換えると、猪苗代へは四十分かかった。

予想はしていたが、猪苗代町長田には「長田3―18―1」を連想できるものは何もなかった。当てが外れるのは刑事の宿命だと言われればそれまでだが、たとえそうだとしても、現地へ赴くか赴かないかでは大きな違いが出てくるものだ。

清一が、東京へ戻ったのは夕方だった。収穫もないまま山手線のホームへ移動していると、本田記者から上野の喫茶店で待っているとのメールが届いた。

「清さん、分かりました。経産省の佐伯だと思われた男は、財務省の光本《みつもと》でした。名前を出さないという条件で会うことができました」

「なんで、他人の名前を使ったんだろう」

「勿論、尋ねてみました。佐伯とは高校の時からの友人で、二人で飲んだ時に了解してもらったと話していました」

「それで、現場にはどうして」

「尾崎が財務省を尋ねた時、何回か対応したそうです。アメリカの貿易赤字に神経をとがらせていて、尾崎から質問された時、経産省一本に絞るのはリスクが大きいと判断したようです。アメリカでは、貿易赤字を減らすために経産省だけでなく他の省庁の要求も考えているのではと」

「だから、尾崎を追ってみた」

清一は、その先が聞きたくて促してみた。

「財務省内について、何か言っていなかった?」

尾崎から質問された光本は、強い衝撃を受けたはずだ。その中にはキックバックや大物政治家の名前が含まれていて、のっぴきならない事態になっていると判断したのだろう。

正義感に燃える尾崎に接した光本は、多少なりとも正義のために加担したかったのではないだろうか。公職にある者は、国益のために力を尽くしたいもの。そのように考えて尾崎を追ったとしたら一連の流れに合致すると、清一は思った。

もう一人の民間人については、今のところ殺害動機が全く判明していなかった。尾崎殺害のテストケースではないかとも考えられたが、確信できるものは何もなかった。そのため、徐々に情報が集まっている尾崎殺害の捜査に集中することにした。

本田記者と別れた清一は、すぐ〝ふたたび〟へ向かわなかった。光本に関する情報は的を射たものと思われたが、「長田3―18―1」は住所以外の暗号ではないかと指摘されて、立ち止まらざるを得なかったからだった。本田記者は、「長田3―18―1」の長田は永田のカモフラージュで、永田町を指しているのではないかと言った。それは、清一も考えていたことだったが、それを裏付けるだけの推理を持ち合わせていなかった。

本田記者の指摘は、他にもあった。「長田3―18―1」の「3」には「一」が付いているので、解説するにはひと工夫必要になるとのことだった。また、疑問点が一つ増えた。

（九）

「そうしましょう、大利家戸さん」

清一の眉間の縦皺を見て、室建が言った。

「二人が住所でないと判断したのなら、永田町に絞っていいと思うわ」

と、里美も同調した。ただ、最初弾んでいた声が尻つぼみになったところをみると、確信があってのことではないようだった。

明日スージーが来日することになっていたので、話題が尽きることはなかった。尾崎を機内で殺害しようとしたことが確定していなくても、殺害方法が分かれば前進できるかもしれなかった。

これまでの捜査では、黒幕は中尾である可能性が高かった。週刊サンニチ記者の木村からは、中尾の冷酷さを指摘されていたし、本田記者の光本情報からも財務省や経産省、防衛省に顔が利く政治家は中尾だと聞いてからだ。

まだ、あった。尾崎の日記帳には、中尾が暗躍している記述が数多くあった。そして、「長田3―18―1」のメモ。

残るは物的証拠だと、清一は思った。例えば、殺害の依頼やキックバックの振込口座が中尾という具体的な証拠などだが、容易なことではなかった。

物的証拠は、清一が拉致されて殺害されそうになった南千住の経産科学研究所にありそうな気がした。調査したところ、管理しているのは経産省の外郭団体だが、責任の所在がはっきりせず、事件に結びつく情報は得られなかった。

けれども、清一がその場所で溺死させられそうになった事実、磯船に乗せられて隅田川に流された事実があった。清一は、何か見落としがあるのではないかと思った。このような場合、拉致されて苦痛を味わった分だけ証拠が残っているものだ。

それだけではなかった。〝ふたたび〟へ行くために本郷三丁目駅に向かっていた清一が、その途中で拉致されたのだから、当然赤東旅館も監視の対象になっていたはずなのだ。

「朝ですよ」

という声がして、清一は目を覚ました。時計を見ると昼だったので、慌てて飛び起きた。

「大利家戸さん、お客さんですよ」

という里美の声がした。続いて、カジュアルな服装のスージーが顔を出した。

「やあ、暫く」

清一は、遠来の客に明るい声を返した。それは、本来の明るい声ではなく、寝不足の体から絞り出したような声だった。

昨夜、清一は〝思考の中〟に引きずり込まれ、否応なく考えなければならなかった。中尾の高笑いの中で「長田3—18—1」の解読にも挑戦しなければならなかったし、水責めからも必死の形相で逃げ出さなければならなかった。

そんな中で一番悩ましかったのが、刺客の存在だった。刺客には全く見当がつかなかったが、執拗に何度も襲ってきた。

「清一さん、ご飯を食べたらお仕事ですよ」

と言って、スージーが清一をしげしげと見た。

清一は急いで昼食を済ませると、スージーに尋ねた。機内での殺害方法の詳細は、判明すれば直ちに連絡されることになっていたので、中尾に関しての話が一番聞きたいことだった。

「仕事のことよね。何から話そうかしら」

スージーは、お茶の湯気を楽しむ仕草を見せながら呟くように言った。

「日本では、キックバックの中心にいるのは中尾で間違いないだろう。アメリカの軍事会社が分かればいいんだけれど」

「それは、何年か後でなければ分からないと思う」

スージーが、歯痒そうな顔で言った。例えば、キックバックを約束した契約書があったとしても金銭の授受がなければ、長い法廷闘争に持ち込まれ、当事者が処罰されるのが数年先になることが予想された。

最初、会話はちぐはぐしたものだったが、スージーが主導権を握ると、誰彼となくのめり込んでいった。

「ポートランドのレストランにいた時、銃撃されたでしょう。先日、犯人の一人と会ったの」

キックバックの話が終わると、スージーが別の話を切り出した。

スージーの話には、誰もが唖然としてしまった。なぜなら、その事件は、犯行グループが清一を狙った襲撃事件だという認識で一致していたからだった。外務省職員殺害事件のために渡米した清一を抹殺するように依頼された犯行だったと、誰もが思っていた。ところが、スージーがポートランド警察署で極秘に面接すると、犯人グループの一人がポートランド市警の刑事を狙ったものだと、話したのだ。

「大利家戸さんをしつこく追っていた、ということじゃなかったのか」

室建が、憮然とした顔で言った。

「何のために、ポートランド警察の刑事を狙ったの」

無論、里美も合点がゆかなかった。

「それは、話してもらえなかったわ。ただ、『アメリカ人面《づら》して、何やってるんだか』って言ってたわ。清一さん、どう思う」

困り顔のスージーが、清一に助けを求めた。

「彼らは、根っからの悪じゃないのかもしれない。普段は、何をしているんだろう」

「意外にまじめに仕事をしているという情報もあるけど。何故、襲撃したのかまでは分からない」

「もし、そうだとしたら」

と言って、清一は言葉を切った。犯行グループが、外務省職員殺害事件ではなく、別のことでポートランド警察の二宮刑事を襲ったのだとしたら、事件は全く別の様相を帯びてくるからだった。もしかすると、愛国心の強い集まりで、二宮を日本の手先だとみているのかもしれない。その見立ては、ホテルで清一を襲ったのは別のグループであることを意味する。ただ、わずかながら外務省職員殺害事件と関係している場合も考えられた。「アメリカ人面して……」、この言葉の意図するものがキックバックに関係している気がしたからだった。

「大利家戸さん、何か引っかかることでもあるの」

里美が、だまりこんだままの清一に声をかけた。

「彼のプロフィールは？」

「アメリカ生まれ。父は日本人、母は日系二世。日本へ留学していたこともあるわ。それが、どうかしたの」

スージーは、襲撃グループの一人が言ったことを鵜呑みにしている清一に、もどかしさを感じていた。

「もう一度、詳しく調べてほしい。『アメリカ人面して』が何を意味するのか、気になるんだ」

「分かったわ、調べてみる。それから、お母さんのことで報告があるわ。多分、多分よ。半年以内に帰国できると思う」

と、スージーが感情を抑えて言った。

「えっ、本当に。大利家戸さん」

里美が、喜び一杯に言った。

「大利家戸さん……」

室建も声を詰まらせた。嬉しい情報だったが、何度も苦い経験をしてきたので、上手く表現できなかった。

「……」

清一も顔を歪《ゆが》ませたままだった。

清一は、小学生の時家族を失うという辛《つら》い体験をしていた。そのため、スージーから母の帰国について告げられても、過度に喜んだりはしなかった。

スージーの話が済むと、里美が口を開いた。

「銀座へ出かけるのよね。スージー」

来日の連絡が入った時、スージーから銀座へ行ってみたいと言われていた。

二人は、寡黙になった清一から離れると、品川駅へ向かった。電車が田町を通過し浜松町駅のホームを出た時だった。

「里美、悪い。用事を思い出したの。先に家に帰ってて」

スージーが申し訳なさそうな顔をしてそう言うと、電車の進行方向に向かって歩き出した。

「スージー」

咄嗟のことだったので、里美は心の中で叫ぶしかなかった。何かが起きた。里美は携帯電話を取り出し、室建に連絡した。

里美は、懸命にスージーを追ったが、車両を二つ移動したところで足を止めた。スージーが、一人の男と話しているのが目に入ったからだった。

里美は、気づかれないように離れたところから二人の様子を窺っていたが、スージーが詰問しているのではないかと思われる場面が幾度かあった。それは、スージーが厳しい顔で言ったときに、男が顔を背ける仕草をしたからだった。東京駅、上野駅を通過しても二人の会話は続いていたが、日暮里駅へ着くと常磐線に乗り換えた。里美は、改札口を出ると室建にメールを送った。銀座へ行くのとは全く違った状況だったからだ。

里美の勘は、当たったようだった。南千住駅で下車した二人が、活気のある街並みを北へ向かって歩き出したのだ。夕暮れの街は、イルミネーションで飾られた店が競い合うように通りを彩っていて、とても華やいでいた。

清一が里美に追いついたのは、けやき通りの先にある汐入公園の入口の前だった。里美は、室建が汐入公園に向かったので、〝ふたたび〟へ帰ることになった。

里美と別れた清一が二つの影に追いついたのは、汐入公園のスロープを少しだけ上ったところだった。公園に隣接している学校は、既に殆どの照明が消され、コンクリートの塊と化していた。聞こえてくるのは、トンネルに突入する車の轟音。そして、スロープを下ってゆくと、そこには寂しさに満ちた空間があった。

男は、清一の存在を確認しているはずなのに、スージーを急き立てて坂を上り切ると、一度坂を下り、横断歩道を渡って堤防へ移動した。

「大利家戸さん、ようこそ。待っていました」

男は、清一が堤防に上がってくるのを待ち構えて言った。

「……」

「清一さん、逃げてー」

スージーが、叫んだ。

「逃げれば、スージーを殺す。アメリカでもチャンスはあったんだけど、殺し損ねたからさ」

と言って、男はスージーの頭にピストルを押し付けた。

「ポートランド市警の二宮よ。射撃は超一流、油断しないで」

以前スージーと一緒に会ったポートランド警察の若い刑事だ。空手の心得があるスージーが左腕一本で身動きが取れない状態にあるので、射撃ばかりでなく武術においても凄腕の持ち主のようだった。

ここは、南千住と北千住の間を流れる隅田川の堤防。一般道路からの高さは五メートルほどあるが、隅田川へ下りるためには七メートルほど下らなければならなかった。階段の途中には、ジョギングコースに使えるだけの空間が三、四か所あった。

堤防の周辺はすっかり闇に包まれ、対岸のビル群や汐入大橋の光景はシネマの世界だった。街が静かに連なり、ヘッドライトが点滅している様子が寂しげに伝わってきた。それらの光は、恰も夜空を彷徨うように川面で踊っていた。

光の一つが二宮を照らした時、銃声が静寂を劈《つんざ》いた。けれども、いずれの影も倒れてはいなかった。片膝をついた影も立ち上がるや、帽子で衣服を払って見せた。

「お前、大利家戸じゃないな」

目を凝らして見ていた二宮が、影に向かって叫んだ。影の帽子が飛んで短い髪形があらわになり、シルエットの形が変わったのに気づいたようだった。清一が上京してから四日目、玉田は予定通り上京していた。

「大利家戸は、どこにいる。連れてこないと。スージーの命はないぞー。出てこい、大利家戸ー」と、二宮が絶叫した。

玉田は、つい、普段の癖が出てしまったことを悔やんだ。けれども、今はスージーを助けることが先決だった。相手の動揺を誘い、チャンスの目を広げることが肝心だった。相手は、この場所で一度清一を確認しているので、清一が周辺に潜んでいると認識はしていても、どこにいるのかまでは見当がついていないようだった。あくまで二宮のターゲットは清一なので、スージーを殺害すると恫喝《どうかつ》しても可能性は低かった。

玉田は、清一からの合図を待った。清一が所定の場所につけば、対岸から合図が送られることになっていた。

すると、対岸から合図があった。川面に反射する街の灯に混じって、小さな灯が確認された。そして、それと同時に玉田が動いた。階段を駆け下り相手との距離を詰めた。かと思えば、階段を駆け上がり距離を広げた。

玉田が小刻みに動くのには、理由があった。相手の心理状態をかき乱したいということもあったが、スージーの頭から銃口を引き離したかった。けれども、二宮は玉田の心理作戦になかなか乗ってこなかった。そこで、玉田は装着していたピストルで二宮の右肩を狙って一発お見舞いした。銃弾は、右肩をかすめただけのようだったが、それだけで良かった。かすめた衝撃が二宮のピストルへ伝わり、冷静な心理状態に変化が起これば いいのだ。

すると、二宮が動きを見せた。たたんでいた腕を玉田の方へ伸ばし、制圧するような動きを見せた。玉田はそれを待っていたかのように階段を上下に移動し始めた。そして、下へ向かって飛んだ。

銃声が、立て続けに鳴り響いた。同時に、階段を駆け下りる靴音があった。

「玉田さん、玉田さーん」

と、スージーが駆け寄り声をかけた。けれども、玉田は唸るだけで言葉を発することはできなかった。

二宮は、清一の姿を探すことができないので焦っていた。この局面を打開できなければ目的が達成できないからだ。玉田が飛んだ時、絶好のチャンスが訪れたと思い、引き金を引いたのだったが、弾き飛ばされたのは二宮のピストルだった。対岸にいた清一が特殊なピストルで狙いすまして撃ったからだった。それは、長根殺人事件の捜査をしていた時、大滾基準《おだぎりのりとし》博士からもらったプレゼントだった。スージーは、二宮の動揺を肌で感じ、肘打ちを食らわせ蹴りを入れた。

不意打ちを食らいスージーを取り逃がした二宮だったが、次の行動が素早かった。階段を転がり落ちてもすぐさま立ち上がるや玉田達には目もくれず、隠しておいた磯船の船外機をうならせ、千住汐入大橋の方へ走り去ってしまった。

対岸にいた清一は、この様子を具に見ていたので、すぐに磯船を追った。けれども、千住汐入大橋を過ぎたころから加速しだしたので追跡を止めた。この先、並行して流れる荒川にでも逃げ込まれれば、追跡が困難極まることを知っていたからだった。そのため、清一は室建に合流すると、〝ふたたび〟へ帰った。

「まさか、二宮刑事が犯人だったなんて」

スージーが目を丸くして言った。身内に犯人が潜んでいるという情報は襲撃グループの一人から聞いたものだったが、こんなにも身近なところにいたとは、思いもよらないことだった。

二宮を襲撃したのは、日本の政治家や企業に加担しているとみた若者グループのようだった。清一は、国益に反する行動とは、キックバックなどのことではないかと思った。そして、二宮が主導しているというより黒幕に加担している可能性が高かった。

今日、清一を殺害しようとした一連の行動からは、黒幕の焦りのようなものが感じられた。焦りは、清一が真相に近づいているからに他ならないのだろうが、中尾の周辺からは、切羽詰まったような話は伝わってきていなかった。

黒幕は、二宮が失敗したとしても更なる刺客を送ってくるだろう、と清一は思った。キックバックを成功させるためには、障害となるものを排除しておかなければならないからだ。二宮についていえば、ポートランド市警の刑事という身分を公にしたのだから、地下潜入するか、死を選択するかしかなかった。二宮は、あくまでも黒幕の持ち駒の一つでしかないからだ。

四人の会話は、深夜にまで及んだ。一連の事件は、中尾がキックバックを企てたために起きた事件だとの共通認識だったが、中尾が殺害を指示したとか金銭を受領したという決定的な証拠を掴んでいなかった。

七日間の休暇が終わろうとしていた。清一は、今回の出張で大滾博士と会うことにしていたので、〝ふたたび〟を出ると府中へ向かった。「原子力についての研究」で第一人者の大滾博士は休養で不在だったが、預かり物を渡された。府中刑務所内にある研究室に通っている大滾博士には是非会っておきたかったが、次回に持ち越すことにした。

昼には、新宿で本田記者に会った。本田記者は、外務省職員の尾崎についての情報を持っている光本とも会っているほか、「長田3―18―1」についても推理していた。

「光本さんは尾崎さんから質問された時、正義感の強い人だと思ったそうです。もしかしたら、とことん調査するのではないかと……。そこで、尾崎さんが渡米するとき同じ便に搭乗できるように、友人に頼んでおいたとのことでした」

本田記者は、情報を小出しにして清一の反応を待った。本田記者は、光本が佐伯によく似ているという情報を伝えなかった。右顎に黒子《ほくろ》があれば瓜二つのように思えた。

「尾崎さんの異変には、いつ気づいたんだろう」

「それは、領事館から連絡があったからじゃなかったかなあ」

「そうだとすると、領事館では事故が発生するたび、いちいち搭乗者に連絡することになる」

と、清一がいら立って言った。

清一は、何かが変に思えた。光本が尾崎を追っていたのであれば、ホテルに着くまでに異変を感じていてもおかしくなかったからだった。

「清さんは、光本さんも怪しいと」

「そうではなく、アメリカまで追って行くくらいだから、何かがなければおかしい。それとも、忖度？」

清一はそう言った後で、忖度の相手は光本の上司の先にいる中尾なのではないか、と考えてみた。中尾が、財務省幹部に圧をかけていて、光本の上司にも伝わっていたとすれば充分にあり得ることだった。ただ、中尾が権力を持っていたからといって、キックバックがばれるような圧力のかけ方をするだろうかという疑問があった。政策に関する圧力なら通用するとしても、金銭に関する圧力なら露骨すぎて、権力者自身の首を絞めかねなかった。

「もう一度、光本さんに会って確認してみます。ところで、昨夜は大変だったんでしょう」

光本の話題が一段落したところで、本田記者が尋ねた。

「まさか、二宮が一味だったとは……。スージーが来日したのは、身近に不信感を抱いたからなんだが。キックバックの捜査をしようとすると、先回りされていると感じたことが何度かあったみたいなんだ。だけど、二宮だとは思っていなかった」

「二宮については、里美さんから調査の依頼が来ていましたから、今に分かりますよ」

と、本田記者が自信ありげに言った。

本田記者が里美から調査を頼まれたのは早朝だったが、一刻も早く清一に報告したいと思って、その道の人へ頼んでいた。

「ほらほら、来ましたよ。調査結果が」

携帯電話を軽やかに操作しながら本田記者が言った。

本田記者に送信されてきたメールには、二十歳の時日本留学していたとあった。住んでいたのは南千住に近いマンションで、上野にある大学へ電車通学していたともあった。

「道理で土地勘があったわけだ。それにしても、マンション住まいとは凄いね。留学って、簡単に遣り繰りできるのかな」

大学時代、アルバイトで苦い経験を持つ清一が言った。

「父親の親戚が応援していたとか。何かあるんじゃないですか。もう少し調べてみます」

本田記者も清一と同じ思いを抱いたようだった。父親が日本人なので、マンションの提供者が血縁者だとすれば何も問題はなかったが、記者魂が反応したようだった。

「清さん、プログラミングって知っていますか？　実は、先日取材で大学へ行ってきたんですが、『長田3―18―1』と似たようなものを見たんです」

と、本田記者がリラックスした表情で話した。

本田記者が話したのは、何種類もあるプログラミングの中の一つのようだったが、学生のノートには「1―360―1」、「50―300―5」などと書かれていたというのだ。そして、前者は、一定の長さの線が一度ずつ傾くのを三百六十回くり返して円を作るというもの、後者は、初回値が五十で最終値の三百まで五刻みにくり返すというものだが、果たしてそれが

「長田3―18―1」に関係しているのかどうかは、分からないということだった。

「住所以外に、そのように表示することもあるんだ。僕も推理してみるよ」

清一が、嬉しそうに言った。結果はともかく、何事にも挑戦していかなければ、暗闇から飛び出すことは困難だった。

赤東旅館へ向かう清一の足取りは、いつになく軽やかだった。本郷三丁目駅から出たところは、週刊サンニチ記者の木村に声をかけられた最初の場所、そして、木村が拉致された場所でもあり、因縁めいた場所だった。けれども、今日の清一には、こだわりのようなものは感じられなかった。夜の帳《とばり》は下りておらず、黄昏《たそがれ》も緒に就いたばかりだったかもしれなかったが、本田記者の前向きな態度がそうしているように思えた。

「お帰りなさい」

と言って、赤東のはちきれんばかりの笑顔が迎えた。

「暫くです」

清一が、ごく普通の挨拶をした。赤東は、警視庁時代からの名刑事のファンで難解な事件のこともよく知っていた。

清一は、赤東がタブレットを手に持っているのを見て、思わず笑みをこぼした。それは、赤東とタブレットから流れているメロディーがマッチしていないように思われたからだった。メロディーはゲームに挿入されたもので、軽快なものだった。

清一は、階段を上がりながら娘の有の顔を思い出さずにはいられなかった。一昨年、誕生日プレゼントとしてタブレットを購入したときの有の笑顔だ。

清一は、布団に入ってから特命捜査について考えてみた。今回の特命捜査の依頼があったのは、スージーから招待されて渡米した後だったが、極悪は清一が渡米する前から特命捜査の依頼があることも、渡米の計画があることも知っていた可能性が高かった。

渡米の件は、ポートランド市警の二宮刑事から流れた情報だろうと推測できたが、特命捜査に関しては義兄もしくはその周辺から聞くしかないだろう。特命捜査については限られた者しか知らないが、義兄ならおよその見当がつくかもしれなかった。

殺害された外務省職員の尾崎は裏交渉を担当していて、多額のキックバックがなされようとしていることに気づき、調査のために渡米したものの、極悪に抹消されてしまった。極悪は多額のキックバックを得るために、スージーに接触しようとした清一までもターゲットにした。けれども、清一の場合は、渡米しなくても殺害の対象になっていた公算が高かった。帰国後義兄に外務省職員の死について調べるよう依頼されることになるからだ。

清一は、果たして中尾が極悪なのかどうかを考えてみた。中尾の秘書の行動から中尾が極悪だと推測できたが、少し違和感を覚えていた。それは、中尾が上の地位に狙いを定めているのは確かなことだったが、キックバックや殺害に関しての行動はないようだったからだ。

極悪が他にいた場合も考えてみた。けれども、大物政治家を超えるだけの人物はなかなか思い浮かばなかった。中尾は、地方の一政治家からの叩き上げだけあって、中央政界に進出して悪さもするが、抜群の実行力のある政治家だった。

木村が中尾に恨みを抱き復讐心を燃やしているのは知っていたが、他にも恨みを抱いている者が多数いると推測できた。清一は、いろいろ思考を重ねた後、やはり極悪は中尾だろうと思った。そして、特命捜査は中尾中心にすべきだと、改めて心に刻んだ。

（十）

合浦警察署へ戻った清一の平凡な日常は、多忙へと変化せざるを得なかった。中央警察署の十文字署長の命令で実業高校タイムカプセル事件の責任者になってしまったからだった。

最初、十文字署長は収賄事件を頼むつもりだったが、話している途中でタイムカプセル事件の方を持ち出してきた。それは、会話の途中で清一がタイムカプセル事件の方に興味があるように思われたからだった。

是が非でも清一の了解を取り付けたいと考えた十文字署長は、浜道と鉄山の天どんコンビを助手として割り当てた他に、青森中央警察署が一丸となって清一に協力するという一項を付け加えた。

タイムカプセル事件について、浜道から協力を求められていた清一にとって、十文字署長からの依頼は無下に断れなかった。それは、特命捜査が壁に突き当たってしまっていたからだった。確かに、特命捜査では新事実がいくつも明らかになって一定の進展を見せていたが、肝心のところで中尾に繋げることができないでいた。そのため、捜査の視点を変えることが緊急課題になっていた。

「ひと月で解明できなかったら解任ということで、どうでしょう」

清一は、不可能に思える期限を条件に出して受諾した。特命捜査との兼ね合いを考えると、そうせざるを得なかった。

清一たちは翌日から三日間、昼は青森中央警察署の会議室で、夜は合浦警察署の二階の空き部屋でタイムカプセル事件の情報整理を徹底して行った。その結果、在校生千四百五人分と直近二年間の卒業生千十二人分、合わせて二千四百十七人を調査対象とした。

絞り込みが始まった。まず、女性五百十二人と男性の物故者百十一を外して千七百九十四人にした。更に運動クラブに所属していた約千百人をも除外した。そして、七百人に絞り込んだ後は、同期会やクラス会、元教員だった人にも協力を依頼して、情報を集めたのだった。

清一は、それらの情報に浜道たちが蓄積していた行方不明者の情報を加えて、捜査すべき人物を絞った。最終的に絞ったのは、四名だったが、死亡している可能性が低い一名に全力を注ぐことにした。

事件があった当時、勤務先をやめて旅に出ると言ったまま行方不明になっている卒業生がいた。その卒業生は、在学中に後輩に暴力をふるうなどして、問題を起こしていた生徒だった。

他の家庭からも関連情報があった。同じ頃、夜遅く帰宅してから無口になったり、性格が変わったという情報だった。

清一は、これらの情報から一つのストーリーを思い描いてみた。当時の高校では先輩の後輩に対するしごきが日常化していた。

それは、休憩時間になると応援団が各クラスを回り、応援練習の名を借りて粛清を行っていたということだった。応援練習でハッパをかけることは一概に悪いことではなかったが、一部の応援団員はそれをいいことにいじめに走っていた。いじめは、運動クラブに入っていない生徒に対して酷かった。

当日、合浦公園に行ったのではないかと思われる者を四名に絞り込んだ清一は、その中の一人を投稿者、そして、もう一人を被害者だと決めつけてみた。普通リンチが行われるときには、絶対的に優位な立場で行われることが多いので、リンチをする側を三名、される側を一名としてみた。

リンチをした側には、当然のように旅に出たままの卒業生を含めた。そして、タイムカプセルの中に入れられていた殺人のメモについて再思考してみた。

「大利家戸さん、おかしいですよ。旅に出た卒業生以外は、卒業後の消息が分かっていますよ。もし、殺人があったとすれば、旅に出た卒業生が被害者ということになりますが」

と、浜道が口をとがらせて言った。

「そうだな。じゃ、殺害されたのは、旅に出た卒業生ということにしよう」

清一が、間髪入れずに答えた。

「えっ」

鉄山が、目を丸くして驚きの声を上げた。清一の発言が、捜査会議ではありえない方向転換だったからだった。

「大利家戸さん、加害者だと目されていたものを被害者に変えていいんですか。外に聞かれれば何と言われることか」

と、浜道が嘆いた。頼みの綱だと信じている清一の思考が、あまりにも飛躍しすぎて面食らってしまった。

「浜道、鑑識を頼みたいんだが」

と、清一は更に続けた。

「どうするんです、鑑識なんか呼んで。まさか、殺害現場を捜査するんじゃないでしょうね」

名刑事が、立て続けに突飛なことを言うので、頭が混乱状態になっていた。

「そうだ。先ず、鑑識の意見を聞いてみたいんだが、誰か適当な人はいないかな」

「そういうことでしたか。待ってました、大利家戸さん」

と言った浜道の顔からは、憂鬱が消えていた。玉田が言っていた清一の推理力と実行力を、思い出したのだろうか。

浜道は、鑑識の変わり者と呼ばれている万年努《まんねんつとむ》の名を挙げた。万年は、人の血を見ると体調を壊したと言って早々に退散することはあったが、研究熱心で自分の意見を曲げない良さを持っていた。

翌日の午前中、中央警察署の会議室で殺害現場について討論していると、万年がやってきた。

「殺人捜査に協力してもらいたいんだが」

清一が、挨拶をした後で話を切り出した。

「お断りします。タイムカプセルの話でしたら、噂でしょう。本当かどうかも分からないのに、どうして鑑識が出るんですか。時間の無駄だと思います」

万年が、軽く断った。

「そうなんです。可能性としては、低い話なんです。そうなんですが、大滾博士の話を思い出したんです。『普通のことなら他の者に任せたっていい。しかし、誰もやれないことにチャレンジする。たとえ、失敗だったとしても、そこから得られるものは大きいんだ』」

清一は、万年の目を見てそれだけ言うと、テーブルの上の書類を片付け始めた。

「あの有名な大滾博士とお知り合いなんですか」

「うん。先生には、よく協力してもらっています。時々、凄いアイデアを提供してもらっています」

清一が、誇示するわけでもなく、さらりと言った。

「分かりました。協力させてもらいます」

万年にとって、大滾博士は憧れの存在だった。好きな研究を進めるうえで必要不可欠なのが、大滾博士の書物だった。

清一は、一度片付けた書類をテーブルの上に並べなおすと、合浦公園でどのような捜査をしたいのか、万年に話した。

「初め参加するのは、僕だけなんですよね。それなら、大利家戸さんの意向通り動けると思います。何でも遠慮なく言ってください」

と、万年が意欲的に言った。

四人は、一時間ほど思い思いの意見を出し合い、近々現場検証をすることになった。検証する場所は五か所、合浦公園正面入口から浜辺へと続く道路沿いと、浜辺に近い松林の砂地に絞り込んだ。用意するものは、スコップ、金属探知機、においセンサーなど。

タッグを組むことになった四人の捜査は、翌日から始まった。半世紀も前の合浦公園とは随分様子が変わっていたので、写真や図面を見ながらの調査になった。

清一は、浜辺に近づいたところで、道端の砂地にスコップを突き刺してみた。しかし、砂の下はすぐ土で簡単に掘ることができなかった。遺体を短時間で埋めることができないと判断した清一たちは、他の場所を探さざるを得なかった。

今回の捜査では、五か所に絞って行うことと、現地で新たな調査場所を見つけることも確認していたので、粛々と行うだけだった。一か所の調査は六坪ほどにしていたので、短時間で済ませることができたが、調査結果はゼロに等しかった。

午後からは、合浦警察署で調査結果を踏まえた検討会が行われた。その結果、殺害が行われた場所を、松林の中か浜辺のいずれかの場所に絞ったほうが得策だということになった。

計画的殺人だったということに関しては、四人そろって否定的だった。そのため、そうでなかったとすれば、砂や土を掘るための道具をどうしたかが問題になった。

「ニュースを見ましょう」

夕食の弁当の買い出しに行っていた鉄山が、ドアの向こうで叫んだ。

「遅くなりましたが、捜査状況を報告します。タイムカプセルの件ですが、ここに至っても真相の解明ができていません。情報不足が足かせになっているようです。市民の皆様、些細なことでもよろしいですから情報提供ください。よろしくお願いします」

と、十文字署長がインタビューに答えた。

十文字署長は、清一から出された事件が過去のものだったので当惑した。しかし、市民の関心事でもあり、また、市民の不安を解消するためにも、会見ではなくインタビューの時話すということで妥協したのだった。市民に捜査状況を発信して市民の協力を仰ぐ、清一がタイムカプセル事件の捜査責任者を引き受けるとき出した条件の一つだった。

翌日、万年が用意したものは、警察犬だった。においセンサーと金属探知機は既に用意しておいたが、調査範囲の拡大のためには警察犬は欠かせなかった。

雨の日が二日続いた後、警察犬に変化があった。市民からの「海に注いでいた場所が以前と異なる」という情報で、合浦警察署から浜辺に出た東側の捜査をしていた時だった。突然、警察犬が唸り声を上げた。万年は、用意しておいた金属探知機を操作して、その反応を注視した。針が大きく振れれば、地中に何かある可能性が高くなるからだった。

浜道と鉄山の天どんコンビが、砂地にスコップを突き刺した。けれども、目的のものは出てこなかった。清一も参加した。時には粘土ではかどらない作業だったが、懸命に掘り進めた。

「大利家戸さん、何かあります」

一時間ほど経った時、浜道が叫んだ。

浜道の叫び声を聞いた万年が駆け寄り、後を引き継いだ。万年は、骨らしきものが見えてからも、黙々と作業を続けた。そして、頭蓋骨だと確信したところで、

「白骨死体です」

と、呟くように言った。

数日後、合浦警察署の清一のところへ、万年が鑑定結果を持ってやってきた。

「遺体は、須藤正雄《すとうまさお》でした。外傷は認められませんでしたので、窒息死かショック死」

万年は、一枚の鑑定書をテーブルの上に出しそれだけ言うと、相手の反応を待った。

「須藤が死亡していたとは、吃驚《びっくり》です。須藤は、暴力をふるう側でしょう。仲間は、どうしたんだろう」

浜道は、当てが外れて混乱していた。

「須藤は、一人で行ったのかもしれない。仲間は何人かいたようだったが、家族から出かけたという話は出ていなかった。そうだろう、鉄山」

清一が、聞き役に徹している鉄山に声をかけた。

「須藤のお母さんが、言っていました。一人で出かけたと。どこかで落ち合ったというようなことは、ないですか」

と、鉄山。

「それは、ないと思う。情報から推測して、合浦公園に集まったのは三人か四人。須藤は、相当腕に自信があったので、一人でも大丈夫だと思ったのだろう」

清一が、鉄山の複数説を否定した。

「ちょっと、待ってください。須藤が一人だったとしたら、相手は二人か三人です。殺害した側で、タイムカプセルに告白の手紙を入れるというのも変ですよ」

鉄山に先を越された感じの浜道が、負けじと言い放った。そして、目撃者がいたのではないかと続けた。

「その可能性だって充分にある。もし、他に目撃者がいたとすれば、その人物がタイムカプセルに手紙を入れてもおかしくない」

清一は、敢えて浜道の意見を否定せずに肯定してみた。

「白骨死体には、塩分が多く付着していたようです。海水に浸った死体を一人で移動するのは、容易なことではありません」

話の成り行きを見守っていた万年が、珍しく口を開いた。

「それじゃ、当事者は全部で四人になります。被害者の須藤、目撃者、それに遺体を移動させた二人」

浜道が、皆の目を見ながら言った。

「悪くない。その線で頑張ってみよう」

清一が、嬉しそうに言った。何しろ、チームを編成してから十日足らずで事件の概要が解明できたのだから、嬉しくないはずがなかった。

「提案します。万年さんにもこのまま参加してもらった方がいいと思いますが」

浜道が、立ち上がって言った。

「いいんですか、僕で」

「僕からもお願いします」

と言って、清一が頭を下げた。

噂は、本当だった。タイムカプセル事件がメディアでも取り上げられたので、衆目が中央警察署に集まった。しかし、捜査はそこから全く進展しなかった。

清一が取り組んでいたのは、筆跡鑑定と目撃者、それから遺体を移動した者の特定だった。筆跡鑑定は万年が、他の二つは清一と天どんコンビが担当していたが、捜査を引き受けてから二週間が経っていた。清一は、壁に突き当たっても焦ることなく、全力で捜査に当たることだけを心掛けていた。

捜査が動いたのは、市民からの相談があったからだった。それは、息子と連絡が取れないというごくありふれたものだったが、担当した職員が機転を利かせたために、大切な情報になった。

一報を受けた清一は、直ちに動いた。急行したのは市役所の相談窓口。清一は、老人ホームでヘルパーをしているという女性の話を聞いて、驚かざるを得なかった。勤務先は県議会議員の中平が実質的なオーナーになっている〝はっこう介護苑〟というのも驚きだったが、相談者が横濱《よこはま》美樹《よしき》の母親だと聞かされて耳を疑うほどだった。なぜなら、横濱はタイムカプセル事件の関係者の一人として名前は上がっていたが、確証が得られていなかった。

以前、天どんコンビが〝はっこう介護苑〟を訪れて聞き取りを行ったとき、当時のことはよく分からなかったし、二年前に連絡があったので、生きているだろうと回答していたからだった。

横濱の母親は十文字署長のインタビューを見ていて、当時ビショビショに濡れて帰宅した息子の様子を思い出し、担当のヘルパーに相談したようだった。その日は、義父が交通事故に遭って入院した日だった。

タイムカプセル事件の関係者の中の二人が、判明した。一人は、死亡した須藤。もう一人は、目撃者ではない横濱だった。

清一は、横濱の仲間が誰だったのかを考えてみた。その人物は、在校生で同学年である可能性が高かった。そこで、清一は皆の意見を聞いてから、万年には改めて筆跡鑑定を、浜道と鉄山には横濱と仲の良かった生徒の洗い出しを頼んだ。

すると、三日後、万年から朗報が届いた。筆跡鑑定の結果、当時三年生の若狭静男《わかさしずお》だろうという報告だった。若狭には三歳年上の兄がいて、若狭が書いたノートを提供してもらったが、小学校の時書かれたものだったので断定することが困難だった。しかし、若狭と同じ弓道部に所属していた同期生から提供してもらった写真の中に若狭の筆跡を見つけたということだった。それは、県大会で入賞した時の記念写真で、そこには若狭のサインが写っていた。若狭のサインは、タイムカプセルから出てきた手紙の文字とよく似ていた。

これで四人の関係者のうちの三人が判明した。若狭は、偶然合浦公園に向かう二人の生徒を見て、後を追ったのではないかと推測された。そして、合浦公園の中まで尾行し、ことの一部始終を見てしまった。けれども、何らかの事情があって、警察に通報することができなかったと思われた。

若狭を調べた結果、独身だったということのほかに、青森市内で定年を迎えた後、八戸の種差《たねさし》、岩手の種市《たねいち》に転居していたことが分かったが、その後の消息は分からなかった。

清一は、一抹の不安にかられ、玉田に電話した。この種の調査なら、玉田に相談すれば早急に解決してくれるからだった。

「大利家戸さん、明日にでも大女将のところへ行ってみませんか」

と、快諾した玉田が〝せんぱち〟に誘った。

三人が帰った後、部屋の窓に寄り添うようにして、合浦公園の方を見つめる清一の姿があった。合浦公園は、既に夕闇に包まれていて、こんもりとした樹木の中に包まれていたが、五十年以上前にこの場所で事件が起きた。

清一は、松林の中に隠れて一部始終を目撃した若狭の立場に立ってみた。最初は、須藤が横濱達に暴力をふるっていたと思われた。ところが、何かがあって、立場が逆転してしまった。横濱がずぶぬれで帰宅したことがあったという母親の証言から、波打ち際で何かがあったと推測した。詳細は、関係者から聞くしかなかったが、横濱達は須藤の遺体を埋めた。

卒業後公務員になった横濱は、ごく普通の社会生活を送り、定年退職をした。それは、およそタイムカプセル事件の関係者とはかけ離れたものだった。しかし、そのような体験をした者が、尋常な精神状態で日常生活を送れるわけがないと、清一は思った。

目撃者の若狭にしてみれば、恫喝され、暴力をふるわれた横濱達こそが被害者に見えたのではないだろうか。海中に頭を押し付けられたのかもしれなかったし、海中へ放り投げられたのかもしれなかった。

そんな被害者達が遺体を遺棄しなければならなかった。聞き込み情報の中にもあったが、この時期三年生は就職前線の真っただ中で、とても大切な時期でもあった。

兎にも角にも、誰もが口を噤《つぐ》んでしまった。警察に通報することも、誰かに相談することもせず、タイムカプセルの中に閉じ込めてしまった。

清一は溜息を一つつくと、集合場所の空き部屋を出て階段を下りた。

「大利家戸さん、浮かない顔をして、どうしたんです」

清一が〝せんぱち〟へ顔を出すと、玉田が尋ねた。

「そう。大したことじゃない」

清一は、玉田の質問をかわしてから大女将に挨拶をした。そして、

「友達の嫌な行為を見てしまったとき、大女将ならどうしますか」

と、尋ねた。

「んだねは。わしだったら注意するべたて、他の人だばどうするべの」

大女将が口をもぐもぐさせながら言った。

「見てしまったのが殺人だったら、どうします」

清一は、もう少し具体的な情報を出してみた。

「そったら、おっかねえごと。へても、警察さだば、行かねばねべな。なして、そったらごと聞ぐんだべ」

と言って、大女将はしかめっ面をした。それから、お手伝いに声をかけ、奥へと引っ込んだ。

「大利家戸さん、大女将が可哀そうですよ。今日は、おなかの調子が悪いと言っていましたから」

苦笑しながら玉田が言った。苦笑したのは、大女将の下手な芝居を見たからだったが、そこには、どちらにも加担しない玉田がいた。

「南千住では、大変でしたね。僕は磯船を追いかけたんですが、途中で見失っちゃいました。墨堤通りの方へ曲がったようにも見えたんですが」

玉田が、声を落として言った。

「あの時は、助かったよ。まさか、顔見知りが一味だったとは、思いもよらなかった」

と言って、清一は頭を下げた。

「何喋ってらど。鬼のいぬ間の、何とかだべが」

忍び足で入ってきた大女将が、目を細めて言った。

「殺人のことなんか話したら、大女将が可哀そうだと話していたんです」

と、玉田が涼しい顔をして言った。

「何、なに。人が殺されるのを見だってが。そいだば、なんぼ友達でも、警察さ通報しねばね。そんでなぐ、いじめでいだ方が、勝手に死んだてが。それから、死体を埋めだ？　やっぱり、警察だべな」

大女将が、頭を捻り捻りしながら答えた。

「普通は、そうなんですが。通報しなかったんです」

と玉田。

「それは、おがしい」

「何が、おかしいんですか。大女将」

「やっぱり、おがし。もっと、何が、あったんでねえのが。そんでねべが、家戸さん」

「そうなんですけど、何か。そこで、人生経験豊富な大女将なら何か捻り出してくれるんじゃないかと思って」

「ほんだが。そうゆんた場合は、何もかも捨てて、一から考えなおした方がいい場合もあるべ」

「たとえば」と言って、玉田がリズムを整えた。

「ほんだなあ。わいどが、思ってもみないことがあったり、誰も思いもよらないごとを見たり、とか」

「一人の悪者が二人の善人をいじめていた。そして、その様子を木の陰から見ていたものがいた、という舞台設定なんです。ところが、いじめていた悪者が死んで埋められてしまうという話なんです」

「だから。配役は誰が決めたんだべ。玉ちゃんが決めたんじゃねえのがにし。目撃者が口を噤んだのには、わげがあるべ。善人だと思っていだ者が、変身した場合もあるべさ」

大女将が負けずに自分の思いを述べた。

「玉田、大女将の言う通りかもしれない。もう少し角度を変えて推理してみようか」

と、清一が思い直したかのように言った。ただ、そこに重苦しさはなかった。大女将の弁で、上手く方向転換ができたのかもしれなかった。

〝せんぱち〟を出ると、玉田が清一に近づいてきて囁いた。

「若狭の住所が、分かりました。明日、長崎へ行ってみませんか。今日は僕の家に泊まって、三沢から羽田経由で飛べば、明日中には平戸へ着きますよ」

「ありがたい、行ってみよう。ただ、間に合うかどうか」

玉田の突然の発案に清一の声が弾んだ。

清一は、万年から鑑定結果を聞かされた時、若狭を保護しなければならないと強く思った。ひとまず室建に頼んで手は打っておいたが、相手に情報が洩れれば若狭が狙われるかもしれなかったので、時間との勝負だった。殺人事件そのものは時効となっているが、事件が明るみになり、犯人が分かれば社会的制裁は免れない。社会的立場が高い者なら守るべきものも多いので、必ず手を打つだろう。

「大利家戸さんは、警察内部に関係者がいるとでも思っているんですか」

玉田は、五十年以上も前に起きたタイムカプセル事件について、神経質になりすぎているのではないかと考えていた。

「うーん、上手く説明できないんだが。さっきの大女将の話が、気になるんだ」

「悪人と善人の話ですね」

「そう。だけど、須藤が死んだ本当の理由が分からない。何かが変化したとみるのが、妥当なんだが」

「二人の反撃にあって須藤が死亡したというのが、普通の見方です。しかし、須藤には目立った外傷がなかった……。待ってください。一人が、スコップを探すためにその場を離れたとしたら。そして、その時何らかの変化があったとしたら」

玉田が、興奮気味に言った。

「息を吹き返した可能性だって充分ある」

「しかし、スコップを探すためにその場を離れたほうは、そのことを知らないとしたら……。ただ、目撃者の若狭は、その一部始終を見ていた。もし、そうだとすれば、タイムカプセルに真実を委ねた理由になりませんか」

「若狭は、いじめに遭っていた二人の気持ちを、痛いほど分かっていたのかもしれないな」

と、清一があくまでも冷静に締めくくった。

いずれにしても、若狭に聞いてみるのが一番だった。若狭は、タイムカプセルが掘り出される前に青森を離れ、長崎県平戸市の島へ逃避したようだった。

（十一）

「何と言ってきたんですか」

玉田が、血相を変えて言った。

「若狭が、危篤だそうだ」

清一が、怒りを押し殺して答えた。間に合わなかったという思いと、やはり、警察内部から情報が漏れたのかという思いが交錯したからだった。

「筆跡鑑定で若狭だと判明したのは、一昨日《おととい》でしょう。早すぎませんか」

「情報が漏れたのは、確かだ。玉田、注意を怠らないようにしよう」

と言って、清一が唇を噛んだ。

二人が羽田を経由して長崎へ着いたのは、十六時前だった。空港には美鳴直属の部下が出迎えてくれたので、青龍丸に早く到着することができた。

美鳴は香港の大富豪で、総師の座を息子に譲った後も実質的なオーナーといわれる存在だった。三十年前ふみを養育するようになった縁で清一と関係するようになったが、その関係は微妙の一言に尽きる。それは、美鳴がふみを愛しく思うあまり、時には清一を心配したり、時には略奪者のように思うからだった。葛藤と隣り合わせの美鳴だが、昨今は平穏が続いていた。最新設備が整った青龍丸は、所有する船の中でも美鳴お気に入りの船だ。

「お久しぶりです。相変わらず、元気そうで何よりです」

と、美鳴が微笑んだ。美鳴は、清一が素晴らしい刑事魂の持ち主であることに敬服していて、その活躍に期待しているようだった。

「無理なお願いをして、申し訳ありません」

清一が頭を下げた。筆跡鑑定の結果、若狭だと報告を受けた時、胸騒ぎを覚えると同時に先を越されてはいけないという思いを強くした。そこで、室建に美鳴に連絡することを依頼しておいたのだった。

美鳴の話によると、配下の者が若狭の家を訪れた時には、銃声がする直前だった。若狭は、運よく腹部を撃たれただけで意識はあったが、倒れた時に頭部を打ったようで、船内に運ばれてから意識がなくなったということだった。

美鳴は、若狭が意識をなくする前に、「国会議事堂」と何度も譫言《うわごと》のように話していたと教えてくれた。そして、若狭の回復のために万全の医療体制で臨むと言ってくれた。

清一と玉田は、若狭のことを美鳴に託して、青龍丸をそっと離れた。それから、長崎空港まで配下の者に送ってもらうと、夜の空へと飛び立った。

清一が青森へ戻ったのは、翌日の昼過ぎだった。長崎から東京へ戻った二人は、赤東旅館に一泊し、早朝の新幹線で帰青するという強行日程だった。

ただ、玉田とは、充分な意見交換ができた。話は、目撃者の若狭が襲われたことから始まり、特命捜査にまで及んだ。タイムカプセル事件は、当事者とみられる四人のうちの三人が分かり、残る一人は、いじめられる側だった横濱の友達だけになった。

玉田は、若狭が狙われたので、横濱が次のターゲットになるのではないかと心配だった。事件以来五十年以上もの間、口を閉ざしてきた横濱に証言されて一番困るのが、若狭を襲撃させた真犯人だからだ。

一刻の猶予も許されなかった。早く横濱の居場所を突き止めて、仲間の名前を聞き出さなければならなかったが、横濱は一年ほど前から雲隠れでもしてしまったかのようだった。

一方、清一は若狭の容態も気になったが、若狭が言ったという〝国会議事堂〟という言葉に悩まされていた。それは、〝国会議事堂〟が「長田3―18―1」に関係しているように思えたからだった。もし、そうであれば、特命捜査とタイムカプセル殺人事件に共通点があることになるが、〝国会議事堂〟と「長田3―18―1」を結び付けているのが何か、皆目見当がつかなかった。

清一にとって喫緊の課題は、目撃者が若狭だったという情報が、どのように流出したのかということだった。そのため、天どんコンビと万年、玉田以外には、情報を出さないことにした。勿論、青森中央警察署署長や合浦警察署署長にも出さないように、それぞれに念を押した。

「大利家戸さん、ご苦労様でした。大変なことになりましたね」

話の冒頭で、浜道が労った。

「それで、どうだった」

強行日程の疲れを見せないで、清一が聞いた。

「鑑識班では、大切な情報だから内々にと注意をしていたので、漏れていないようです」

「十文字署長は？」

「一番怪しいのは、うちの署長でしょう。悪いことはしないんですけど、ただ、脇が甘いというか、特に先輩には弱いんで」

浜道が、鉄山を見ながら言った。

「そうです。会議を抜け出してゴルフに行ったこともあったし、何度もありましたよね。勇退した前署長に対しては、特に」

と、鉄山も浜道に続いた。

「署長が、政界の誰かと親しくしているようなことは」

と、清一。

「それはないだろう。なあ、鉄ちゃん」

と、浜道は鉄山の相槌を求めた。十文字署長は恐妻家で通っていて、仕事が済めば帰宅するタイプだった。

「前署長は、どうだった？」

清一は、十文字署長が発信元の可能性が高いとみて聞いてみた。

「自分は平《ひら》でしたのでよく分かりませんが、出湊とは懇意にしていたんじゃないかな」

浜道が、再び鉄山に打診した。

「随分前になりますが。交通安全のパレードの時、同乗したことがあったはずです」

鉄山が、ぽんと膝を打って答えた。

思いのほか簡単に繋がった、と清一は思った。ただ、前署長から若狭が目撃者だったという情報が中尾に伝達されたとしても、どうして中尾がタイムカプセル事件の関係者なのかという疑問が残った。

中尾がタイムカプセル事件の張本人である可能性も、関係者である可能性も低かった。なぜなら、中尾は兵庫県出身で東京の大学を卒業しているので、タイムカプセル事件が起きた時青森にいなかったからだった。

けれども、前署長の周辺には注意が必要だった。その他の者の可能性がないわけではなかったが、若狭の情報は捜査関係者しか知りえないことだったからだ。

意見交換をして一時間ほど経った時だった。浜道の携帯が鳴った。

「ええっ！　それは、本当ですか。今すぐ伺います」

浜道が、電話に出るなり大声を上げた。

浜道が大声を上げたのは、ヘルパーから横濱美樹の死体が発見された、と聞かされたからだった。天どんコンビは〝はっこう介護苑〟に急行した。

「大利家戸さん、死体が発見されたのは、福島県の猪苗代だそうです。どうします」

とんぼ返りした浜道が、どのように対応すべきか尋ねた。

「現地へ行って、詳しい話を聞いてくる。現場も見ておきたいから」

「僕らは、どう動けばいいですか」

浜道が、緊張した面持ちで尋ねた。

横濱が殺害されたことにより、タイムカプセル事件が大詰めを迎えたことを感じ取ったからだった。

「今日明日は、だんまりを決め込んでほしい」

清一が、厳しい顔で言った。

清一は、直ちに新青森駅へ向かった。目的地は、猪苗代。仙台と郡山で乗り換えをしなければならなかったが、七戸十和田《しちのへとわだ》駅で非番の玉田が合流するので心強かった。

「以前、東京から猪苗代湖へ行ったことがあるんでしょう」

合流した玉田が、言った。

「そうなんだ。だから、驚いている。まさか、長田の近くで横濱の遺体が発見されるだなんて」清一が、神妙な顔で言った。

「本当に吃驚です。外務省の事件とタイムカプセルの事件は、繋がっているみたいですね。でも、『長田3―18―1』は、猪苗代のことなんでしょうか。それとも『永田3―18―1』ということなんでしょうか」推理を進めたい玉田が、突っ込んで聞いた。

「平戸で襲撃された若狭が『国会議事堂』という言葉を言い残しているので、永田町の方でいいと思うんだが」

「僕も永田町の方でいいと思います。ただ、永田町だとしても、中尾に絞るのは危険じゃないかと」

　玉田が、周囲に気を配りながら答えた。

「今、国会議員の中でも注目されている人物だろう。事件のどれ一つとっても致命傷になりかねないんだ。果たして、そこまでするのかという疑問が……」

　中尾に絞りかねている清一の弁だった。

　清一と玉田が共通認識にしているのは、中尾がタイムカプセル事件の関係者ではないということだった。そのため、殺害された横濱についても、中尾の関与は考えられなかった。ところが、特命捜査の外務省職員殺人事件に関しては、中尾の関与が充分にあり得た。そして、関係ありそうもない二つの事件を結び付けているのが、尾崎の日記帳に書き残されていた「長田3—18—1」と、若狭が言い残した「国会議事堂」だった。

　郡山では薄暗かった空が、猪苗代湖に着いた時には、すっかり静寂の中に隠れてしまっていた。二人が駅の改札口を出ると、郡山北警察署の刑事が出迎えてくれて、現場まで案内してくれた。慣れない土地での捜査が、なかなかはかどらないのを知っている浜道が気を利かせてくれたのだろう、と清一は思った。

　現場は、町はずれにある工場の裏手にあった。人通りは全くなく、遺体は物陰に置き去りにされていた。殺害場所は別のところだということだったが、特定されていなかった。

　ホテルに一泊することになった清一と玉田は、今後の捜査に関する意見交換をした。平戸で若狭が襲われ、猪苗代で横濱が遺体で発見された。タイムカプセル事件だけに限ってみると、横濱の友達の仕業だと考えるのが自然だったが、卒業生名簿からは洗い出せないでいた。

横濱は、友達の多い生徒だった。明るい性格で、誰とでも気軽に話したり、遊んだりできた。けれども、調査では卒業後の印象は少し変わったものになっていた。人と接することが少なくなり、口数が減ったと記されていた。

清一と玉田は、横濱と一緒にいたと思われる友達に焦点を当ててみた。先ず、友達は青森に住んでいなければならなかった。そのため、他校に通学していた生徒も視野に入れておく必要が出てきた。

翌朝、清一と玉田は、再び猪苗代の現場へ行ってみた。用意しておいた地図に防犯カメラの場所を記入したり、道路の状況を見たりして帰ろうとしていると、花を手向《たむ》けている四十代の中年女性を見かけたので声をかけてみた。

中年女性は、横濱の娘だった。警察から連絡を受けて、昨日埼玉から駆け付けたと話していたが、どこか冷めた感じだった。

清一は、横濱の最近の様子を尋ねた後で名刺を渡し、昔親しくしていた人の名前が分かったら教えてほしいと頼んだ。横濱の娘は、〝はっこう介護苑〟にいる祖母のことをもう少し大切にしたら、こんなことにはならなかったのに、と残念そうに話した。

青森へ戻った清一の周辺は、一気に慌ただしさを増した。十文字署長が、目撃者は若狭だと口外したという噂が署内の至るところで囁かれていたからだった。

清一は、十文字署長から相談された時、そのことを確かめてみた。話を聞いたうえで、誰にも話さなければいいと考えたからだった。

十文字署長は、前署長から頼まれていたので話した、と教えてくれた。それは、署長同士のことだったのでありうることだったが、前署長が誰から依頼されていたかが問題だった。五十年以上も前の事件なので、十文字署長や前署長が関係していたとは考えられなかったが、依頼主がとても重要な存在に思えた。

依頼主が、横濱の友人、もしくは関係者に繋がっていると睨んだ清一は、賭けに出た。若狭の所持品の中に国会議員の名前が書かれたメモ用紙があったことを明かしたのだ。

「それは、本当ですか」

十文字署長が、驚きの声を上げた。

「たとえ署長であっても、裏を取るまではこれ以上は話せません」

清一が、落ち着き払った声で答えた。

清一は、中尾が極悪でなければ、極悪は別にいるはずだと考えるようになっていた。五十年以上前、青森にいた横濱の友人は極悪に成長していた。そして、偶然にも外務省職員殺人事件にもタイムカプセル事件にも関係していた可能性が出てきた。

若狭情報の流出は、十文字署長以外から出ている可能性があったが、若狭情報が流出した翌日に襲撃が行われていたので、組織力がなければ考えられないことだった。やはり、命令系統ができていて、即座に犯行が可能となると、極悪でなければできなかった。

それでは、そのような条件が備わった極悪とはどのような人物なのか、と清一は思案してみた。永田町の淵に棲息している大物でなければならなかったが、経歴や肩書は重要なことではなかった。

清一が十文字署長に呼び出されてから三日目のことだった。郡山北警察署に保管されていた若狭の所持品の中のメモ書きが盗まれた。メモ書きには、「中尾が、次の大臣候補か」とだけ記されていたが、事件に関するメモかというと、程遠いものだった。

この作戦は、清一が極悪を炙り出すために、鑑識の万年に一肌脱いでもらったものだった。万年は、気心の知れた友達が郡山北警察署の鑑識にいて、この作戦に協力してもらった。

盗まれたのは、所持品の中に忍ばせておいたメモ書きの入った封筒だったので、被害を何も出すことなく、犯人の痕跡だけを得ることができた。

犯行の一部始終が、監視カメラに残されていたことで、犯人の逮捕は早々にできると思われたが、犯人の足取りは謎に包まれたままだった。万年に届いた情報では、犯人は監視カメラに撮られるのを想定して、変装したり、樹脂で作った他人の指紋を使用したりしていた形跡が見られたという。そのため、犯人を特定するのは、困難だろうということだった。

清一は、万年に友人から届けられた情報をもとに、もう一度精査するように頼んだ。この手の犯行は、犯人が捜査を攪乱させるために、できるだけ多くの証拠を残すものだが、必ず小さなミスを犯すものなのだ。

横濱の遺体が、猪苗代町長田の周辺で発見されたことから、「長田3―18―1」は「ナガタ」ではなく「オサダ」ではないかとも考えられたが、清一は意識不明になっている若狭の譫言もあり、永田でいくことにした。

まず、タイムカプセルに関しての関係者は四人。いじめていたのが須藤、いじめられていたのが横濱と友人。そして、事件の一部始終を目撃していたのが若狭だった。四人の当事者のうち現在生存しているのは横濱の友人と重症の若狭だけで、須藤は五十年以上前に死亡し、横濱は猪苗代で遺体となって発見された。これらのことから、事件の元凶は横濱の友人である可能性が高かった。

「大利家戸さん、前回は本当に迂闊だったよ。今回は、独断で前署長に情報を流して探りを入れてみました。名誉挽回とはならないかもしれないが、前署長が頼まれていたのは、出湊だった。ただ、その先は分からないそうだ」

十文字署長が、申し訳なさそうに話してくれた。

清一は、十文字署長が失点を取り返すために、必死に頑張ってくれたのが嬉しかった。出湊の先にいるのは中尾なので、極悪がその周辺に潜んでいるのは間違いなかった。

朗報はその他にもあった。若狭の意識が戻ったという一報が長崎から届いた。ただ、意識は戻ったものの話せる状態にはなっていないという。

長崎からは、清一を指名した電話もあった。若狭の担当医からで、若狭が「あっちゃん」と譫言を言っていたとのことだった。担当医からの連絡は、清一が救急隊員に名刺を渡していたことが功を奏した形になった。名刺の裏には、どんな些細なことでもいいので、若狭が発した言葉を連絡してほしい旨を書いておいた。それにしても、「あっちゃん」とは誰なのか。

本田記者からは、逃亡した二宮が米軍基地に潜入しているのではないか、という情報がもたらされた。もし、その情報が本当であれば、出入国の確認ができなくなる可能性が出てくるので、清一たちにとっては、実に厄介なことだった。

軍用機での移動が容易にできる。そのようなことは、清一は考えてもみなかった。もし、軍用機の関係者で二宮を貨物の中に隠すことができる協力者がいたとすればどうか。軍用機を使用することでスージーたちの目をかいくぐり、日本への出入りをくり返していたのかもしれなかった。

週刊サンニチ記者の木村からも連絡があった。〝みちのく亭〟の女将が、ふた月に一度の割合で旅行に出かけているようだ、との情報だった。今回は熱海だったが、宿泊したホテルまでは突き止められなかったとのことだった。

いくつもの大切な情報が集まってはきたが、清一は違和感を抱かざるを得なかった。それは、中尾や極悪が追い詰められていないのではないか、という焦りからだった。十文字署長に請われてタイムカプセル事件を担当するようになってから、真相解明まであと一歩に迫っているにもかかわらず、中尾や極悪は清一を排除するために、青森へ刺客を送り込んでいなかった。

座して死を待つなど毛頭考えるべきことではないと、清一は思った。中尾や極悪は、清一が動くたびに肝を冷やしているはずなのだ。翌日、清一は野辺地で玉田に会って入念に計画を練ると、そのまま上京した。

「大利家戸さん、調べておきました。今のところ、監視されていないようなので、会う段取りはつけておきました」

室建が、心配そうな顔で言った。タイムカプセル事件の真相解明が随分進んだので、追い込まれた敵が清一を抹殺しようとしてくるのではないかと、神経質になっていた。

「中尾の第一公設秘書の前任者、自殺してたんだよね。そして、第二秘書までも」

清一が浮かない顔で言った。この手の話は、代議士の秘書の宿命のように語られることがよくあった。

「その後で、奥さんが体調を悪くして……。今は、娘さんがスーパーでパートをしながら看ています」

「それで」

と、清一が先を促した。

「納入業者になってください。監視はないと思いますが、万が一を考えました」

目黒のスーパーに着いた清一は、室建の計らいもあって、倉庫の片隅で二十分くらいの会話ができた。フォークリフトの動き回る音や台車の音で会話は時折途切れたが、周りに誰もいなかったので、突っ込んだ話ができた。家族は自殺のことを感じていたようで、何か月も思い悩んだとのことだった。

会話の中で、興味深い話があった。第二公設秘書がいた事務所には、地方から出てきた見習いの若い男がいて、とても可愛がっていたとのことだった。そして、家族に何かあったらこの男に相談するように、と信頼を寄せていた。

ところが、秘書仲間が事故に遭うと、若い男に田舎へ帰るように説得したのだった。見習いなら事件に関係せずに済むだろうとの親心からだった。田舎は、青森の浅虫だと言った。

中尾の関係者が浅虫にいたとは、清一には思いもよらないことだった。けれども、中尾が関係していると思われる外務省職員殺人事件について、何か知っている可能性など全くないように思われた。

清一は、それにしてもと思った。中尾は、なぜ協力してくれている秘書に辛い思いをさせるのか、が不思議だった。そして、一蓮托生《いちれんたくしょう》の関係にある主従が、信頼関係を築けないことが納得できなかった。

スーパーの倉庫から出た清一と室建は、〝ふたたび〟へ向かった。品川駅で下車して階段を降り、改札を出た時だった。大きな悲鳴がして、人波が割れた。

次の瞬間、ナイフを手にした中年男が、清一めがけて突進してきた。その距離五メートル。

清一は、身構えるしかなかったが、するりと体を入れ替えて前に出たのが室建だった。

室建は、血相を変えて突進してきた男の手首を抑えつけると、そのまま地面にねじ伏せてしまった。そして、大勢の通行人が安堵の声を上げているのを、かき分けるようにして警察官がやってくるのを確認すると、この場を立ち去るように合図をした。

清一は、軽く頷きその場を離れた。これまでの経験からも、無関係を装うことが一番だと自覚していた。

清一が、一人で坂道を上っていこうとしていると、一台の乗用車が停車し、濃紺のスーツの男が降りてきた。そして、

「大田原先生が、お話ししたいと言っていますが」

あまりにも突然のことだったので清一が戸惑っていると、一癖も二癖もありそうな男は、丁寧にお辞儀をして運転席へ戻った。清一も男に続いて乗車した。大田原は要注意人物だったが、今回の捜査対象になっていなかったからだった。それに、政界の事情通でもあるので、中尾の陰の部分についての情報が得られるかもしれなかった。

大田原は、清一が五所川原北警察署に勤務していた頃、次の総理候補と取りざたされていた。そんなとき、ブレード殺人事件が起きた。捜査を進めてゆくと大田原の出生と相続が疑わ

れた。そして、清一によって真相解明がなされた。

車は、坂を上りながら左折をくり返してからホテルの玄関前で止まった。すると、ホテルボーイが出迎えに来て、十二階にあるラウンジまで案内してくれた。

「大利家戸君、暫く。その節は、お世話になったね」

大田原が立ち上がり、席に着くように促した。清一は、言われるままに向かい側の席に着いた。

「相変わらず、忙しそうだな。ところで、中尾を捜査していると小耳にはさんだが、本当かね」

単刀直入に聞くのが大田原の特徴で、今日も相手を引き付けておいてから料理したいようだった。

「そんな噂が、流れていましたか」

と、清一が応じた。不愛想な態度をとってもよかったが、それでは何の対価も得られないと思った。相手が政界の裏話をしてもいいと言っているのに、無下に断る手はなかった。ただ、大田原が何を聞きたいのかが読み切れていなかった。

「君の気持ちも分からないではないが、政治の世界にいると、今日の敵が明日は味方ということがよくある。そりゃ、君には随分酷い目に遭ったよ。しかし、ギブアンドテイクの精神で行かなければならない時もある」

と言って、大田原は面白く思っていない清一に太々《ふてぶて》しさを見せつけた。

「何がなんでも高価なものを購入しようとする先生方がいるようです、国益にはならないのに。税金の無駄遣いだと思いますが」

と、清一は探りを入れてみた。

「そうとばかりも言えないだろう。大方の政治家は、お国のために働きたいと思っているはずだ。多少の気の緩みは、仕方のないことだ」

と言って、大田原は、暗にキックバックを肯定してみせた。

一時期、総理大臣候補の大本命と目されていた大田原だったが、清一の捜査によって信頼が揺らいでしまった。何とか国会議員の地位は死守したものの、一度失った信頼を回復するまでには至っていなかった。

ただ、大田原の派閥には五十人ほどが所属していた。大田原からの禅譲を期待して残留しているのだろうと揶揄する声もあるが、他の派閥からみれば侮れない存在だった。

清一は大田原に接して、随分慎重になったと思った。以前の大田原であれば、その権力を誇示させることが多かったが、今はできるだけ傲慢さを抑え、相手の意見を聞くように努力しているようにさえ思われた。

「大利家戸君、〝みちのく亭〟の女将のパトロンは、中尾じゃない。中尾は、彼女には手を出せない。出せないだろうな」

大田原が、コーヒーを口に含んだ後で言った。勿論、清一の捜査が〝みちのく亭〟に及んでいるのを知っていて、何かを引き出そうとしているようだった。

「そうですか」

それが、清一の返答だった。返答次第では、捜査の進捗状況を教えることにもなりかねないからだった。清一は、何かを取引することも、大田原を利用することもしないと、固く心に決めていた。

「そうか。相変わらずだな、君は」

大田原は、そう言ったきり言葉を発しなくなってしまった。だからといって不快感を示すわけでもなく、どことなく満足げにフルーツを頬張るだけだった。

清一は、一礼して席を立った。大田原との会話は一線を画してはいたが、どこか共鳴するものがあった。それは、努力や粘りのような気がした。

大田原が、復権に向けて動き出している、と清一は思った。それは、大田原にはおよそふさわしくない清々しさを感じたからかもしれなかった。

（十二）

「えっ、大田原に」

室建は、耳を疑った。ブレード殺人事件の時、大田原が清一に痛い目に遭わされたことをよく知っていたからだった。

「復権の機会を狙っているんじゃないかしら。大臣候補が躓《つまず》けば、自分にチャンスが回ってくると思っているんでしょう。だから、中尾に張り付いているのを知って近づいてきたんじゃないの」

と、里美が大田原の心を見抜いたかのように言った。

「それで、大田原は大利家戸さんに何て」

室建が、待ちきれないとばかりに催促した。

「僕は、取引を拒絶した。ただ、中尾は、〝みちのく亭〟の女将のパトロンじゃないと言ったんだ」

清一が、悩ましそうに言った。

「そんなことを言ったんですか。俺は、てっきり中尾が後ろ盾になっているとばかり思っていました。確か、不動産会社の保証人になっているのが中尾でしたよ」

「兄さん、そうとばかりも言えないわ。一応、調べてみた方がいいわ。大利家戸さんを呼び出したくらいだから、何か魂胆があるはずよ。中尾の捜査がどこまで進んでいるのかとか、逮捕の有無など」

里美が、急須を宙に止めたままで言った。悪の元締めのように思っている大田原を、なかなか払拭できないでいるようだった。

「俺が、木村さんから情報をもらって、尾行してみます」

「室ちゃん、それよりもやってもらいたいことがある。中尾には、田中組が関係しているみたいなんだけど、確か田中組の組長は関西出身なんだ。現在、どのような関係になっているのか、調べて欲しい」

週刊サンニチ記者の木村を信頼している清一が言った。

清一は、木村が中尾に復讐心を持っているのをよく理解していて、〝みちのく亭〟の女将のことは、木村に任せても大丈夫だと考えていた。〝みちのく亭〟の女将のパトロンが中尾でない可能性があることを木村に伝えておけば、パトロンが誰で、中尾とどう繋がっているのか、探り出してくれると期待していた。

翌朝、玉田から一報が届いた。平戸市内の病院に検査入院させていた若狭を担当医の協力で美鳴の青龍丸に移したという朗報だった。玉田は、「突撃クラブ」の協力を得て、救急車で病院へ駆けつけると、まんまと若狭を脱出させることに成功した。

玉田からの報告には、清一も驚愕するようなことがあった。担当医の話によると、一度意識を取り戻した若狭が、「あっちゃん」が須藤を殺したと言ったとのこと。

もし、そうだとすると、横濱がその場を離れた時、死んだと思っていた須藤が息を吹き返したのを見て、「あっちゃん」が殺害したのではないか、と清一は考えた。

タイムカプセル事件は、須藤が横濱と「あっちゃん」を合浦公園の浜辺に呼び出したことから始まった。最初は、須藤が一方的に暴力をふるっていたが、やりたい放題の暴力をふるっていた須藤が体に異常を起こして溺死状態になった。

突然のことに、二人はどうしてよいか分からなかった。救急車を呼ぼうにも既に息をしていないし、このまま知らないふりをして立ち去るのも理不尽なことだと思った。警察に通報することも考えた二人だったが、この状況では殺人者にされる可能性があった。そこで、二人は目立たないように埋葬することに決めたのだった。

穴を掘るにはスコップが必要だったので、心当たりがある横濱がその場を離れた。しかし、横濱がその場を離れた後、ありえないことが起こった。死んだはずの須藤が息を吹き返し、「あっちゃん」を指さして「人殺し」と叫んだのだ。

散々いじめられてきた「あっちゃん」がとった行動は、何が何でも須藤の口を塞いで黙らせることだった。そうでもしなければ、また須藤のいじめにあうとの一心からだった。

やがて、横濱がスコップを片手に、小走りに戻ってきた。二人は、無言のまま遺体を穴に埋めると、深々と一礼してその場を離れた。

知っているのは、悲しげな月とすすり泣く波だけだ、と心に言い聞かせた。少なくても「あっちゃん」は、そのように願ったのかもしれなかった。

目撃者の若狭は、二人の悲運に涙が止まらなかった。だから、どのように対処していいか分からなかった。見なかったことにしよう、忘れることにしようとしても、一度目にしたものは払拭することができなかった。

精神的な安定を取り戻すことができたのは、タイムカプセルに真実を書き残してからだった。心の重しが嘘のように消え、目の前が明るくなった。ただ、蟠《わだかま》りが何もかもなくなったわけではなく、ずっと心に重しを抱えていた。そのため、若狭は退職を機に故郷を離れ、遠く離れた平戸の地で静かに生活することを選んだ。

清一は、心の中でそっと呟いてみた。「誰にでも起こり得ること」。世の中では、無数の人生の糸が縦横無尽に交差しているが、平和一辺倒の人生などありえない。時には、小さな危険を排除できるくらいの術を身につけていなければ、大きな渦の中に引き込まれてしまうのだ。

清一は、カッと目を見開いてみた。たとえ、運命の悪戯《いたずら》だったとしても、悪を見逃しにできない、と強く思った。

タイムカプセルの解決まで、あと一歩と迫った清一だったが、特命捜査をおろそかにしていたわけではなかった。外務省職員殺人事件に端を発した一連の事件は、捜査を進めると、政治家がキックバックを企てていたことが明らかになってきた。

けれども、捜査が進展すると、スージーが狙われ、週刊サンニチ記者の木村が拉致され、清一にも刺客が向けられた。驚いたことに、刺客の一人にポートランド市警の二宮がいた。二宮は、日本に留学していた時、ボランティアに熱心だった中尾に傾倒していて、中尾の指示で清一を抹殺しようとしたと考えられた。アメリカでの殺害に躊躇したのは、この後もポートランド市警の一員でいたかったからかもしれない。

しかし、中尾が表立って動いた形跡は、全くなかった。中尾の後方部隊とみられる田中組の存在はあったが、海外や関西にまで活動範囲を広げているとは考えられなかった。

清一は、別動隊がいるのではないか、と考えてみた。もし、別動隊がいて中尾の計画に歩調を合わせているとすれば、中尾の捜査をしても尻尾を掴めない説明がつくし、キックバックについても、中尾の口座を調べたところで証拠が出てくるわけがなかった。

中尾には別動隊がいる、と判断した清一に迷いはなかった。中尾には強固な協力者がいて、中尾に疑惑の目が向けられたとしても、未然に防いでいるのだ。

〝みちのく亭〟の女将のパトロンが、協力者かもしれなかった。しかし、女将をマークしているはずの木村からは、未だ情報がもたらされていなかった。つい最近、熱海まで尾行した時には、ただのマダム会だった。

けれども、清一には極悪に辿りつくためのアイテムがまだあった。外務省職員だった尾崎の日記に書かれていた「長田3—18—1」と若狭が言っていた「国会議事堂」だ。それらは、いずれも中尾を指し示すものだと考えていたが、極悪の可能性が高かった。

「大利家戸さん、田中組の会長が所属していたのは、関西の大蛇組《おろちぐみ》でした」

室建が、小座敷に上がるなり、そう言った。

「そうでしたか。それで、関係は？」

出身が大蛇組だったとしても、関係が良好かどうかは分からなかった。

「その関係が、変なんで」

暖簾分けをしてから先々代までは良好な関係が続いていたが、田中組の先代が静岡県の熱海にまで進出するようになってから険悪な仲になったようだ、と話した。

大蛇組は、勢力を伸ばした田中組が、暗黙の境界線となっていた神奈川を越えて、静岡にまで進出したことに憤慨したのだった。ただ、静岡県選出の国会議員が、中尾グループに入っていることが影響しているとみる向きもあった。

清一は、〝みちのく亭〟の女将が熱海へ行くことに何か意味があるのか、考えてみた。たとえ、マダム会の旅行だったとしても、大蛇組の縄張りへ行くのに抵抗がないのか、と思ったからだった。

「女将が出かけるときは、いつも一人なんだろうか」

清一が、室建に尋ねた。女将が直接事件に関係したことはないだろうと考えていたが、決めつけは危険だった。

「熱海でのマダム会の時には、仲居が一人ついていたそうです」

簡単な昼食を済ませた後も、二人の会話は続いた。そして、室建がお茶の葉を取り換えようとして立ち上がった時だった。清一の携帯電話が鳴った。電話は、週刊サンニチ記者の木村からで、相談したいことがあるので東京駅まで来て欲しいということだった。

山手線のホームに着いた清一が階段を下りてゆくと、混雑の中に木村の顔があった。清一が木村に近づくと、木村は声をかけることもなく新幹線乗り場の方へ向かって歩き出した。それから、エスカレーターの前で立ち止まり、

「大切な妹が、誘拐されました」

と、小さな声で言った。

「えっ」

清一は、驚いた。木村に妹がいることは知ってはいたが、どうして、今狙われなければいけないのか、分からなかった。

「このことを大利家戸さんに伝えることが、妹を解放する条件だというんです。僕には、犯人

の魂胆が分からなくて……」

そこに、いつも溌剌とした木村の姿はなかった。

「それで、誘拐犯は、僕にどうしろと」

清一が、一度釣り上げた眦《まなじり》を下げた。

「福島県の猪苗代駅に車を待たせてある、と言っていました」

木村が、申し訳なさそうに言った。

「じゃ、これから行ってくる。それで、妹さんはいつ解放されると……」

腹を括った清一の言葉だった。

誘拐犯は、二宮かもしれなかった。清一を殺害するのが目的だとすると、誘拐する相手は誰でもよかったことになる。偶々《たまたま》、〝みちのく亭〟の女将を尾行していた木村が目障りだったので、見せしめのために木村の妹を誘拐したのではないか、と清一は思った。

「僕も行きます」

木村が、苦悩をあらわにして言った。

「構わない。でも、妹さんが解放されたら、僕に構わずその場を離れてください。それから、復讐は、暫くの間諦めてください」

清一の言葉は、諭すようなものだった。

これから猪苗代へ向かうとすると、到着は日没の頃。これといった作戦を持ち合わせていない清一だったが、二宮との対決は避けて通れないと覚悟した。

新幹線に乗った清一の脳裏を駆け巡ったのが、なぜ誘拐犯は木村の妹をターゲットにしたのかということだった。清一は木村の妹とは面識がなく、復讐でどのような役割を果たしているのかも分からなかった。

清一は、東京駅で玉田と室建に猪苗代湖へ行く旨を伝えた。また、今回ばかりは、本田記者にも同様のメールをしておいた。もし、誘拐犯が二宮だとしたら、必死の覚悟で清一を待ち構えているのではないか、と思ったからだった。

郡山から磐越西線に乗り換え、猪苗代駅に着いたのは十七時過ぎだった。車窓から見えた湖面はどこかよそよそしく、二人の心配を忖度しているようでもあったが、清一は電車の振動ともども排除しようとはしなかった。

電車を降りて改札口を出ると、中年の男が声をかけてきた。

「大利家戸さんですね」

中尾の秘書のような服装の男がそう言ってから、乗車するように促した。それから、無言の二人を乗せた車は、静かに走り出した。

夕日にきらめく湖面を見つめていた清一は、闘志を漲らせているわけではなかった。どちらかというと、冷めた状態だった。何が何でも清一を葬り、中尾の期待に応えたいと思っているはずの二宮に、どのように対応したらよいかの一点に集中していた。

今回は、運よく二宮を制したとしても、第二、第三の刺客が向けられてくる可能性が高い。ただ、第一の刺客の二宮は、難敵中の難敵のように思われた。どこか冷めていて、人の生死に無神経のところがあった。ポートランドで襲撃された時も冷静だったし、清一に殺意を持っていたとは、思いもよらないことだった。

車は街はずれの空き地で止まり、清一と木村を降ろすと去っていった。清一が見まわしたところ、四方を樹木で囲われた草地が決戦場のようだった。

暫くして、叢《くさむら》の向こう側から人影が現れた。見たところ、二宮らしき男のほかに二人の男がいた。

「要求通り来たんだから、人質を解放してくれ」

清一が二宮の方に向かって叫んだ。

「いいだろう。解放するから、この場から立ち去ってくれ」

二宮の声だった。

百メートル四方のこの地は草地だったが、何か所か身体を隠せる丈の高い叢があった。攻撃するにも防御するにも利用しないわけにはいかなかった。

木村兄妹がいなくなってこの場に残った敵は三人だったが、果たして、他にも隠れている仲間がいるのではないか、と疑ってみた。そこで、清一は体を屈めて周囲の状況を観察してみた。特に草の高そうなところを注意してみると、草の揺れ方が変なところが確認できた。

バーン。空砲が夜空に轟いた。清一は、咄嗟の判断で小さな叢の中へ身を隠した。ところが、三方から一斉射撃を受けたので、別の叢へ移動しなければならなかった。小さな叢だと体の一部が見えてしまって、銃撃されてしまうからだ。

清一は、隣の叢へ移動した。ここなら草の背丈も充分あり、しゃがんだ状態で三人ほどが隠れられるスペースがあった。しかし、隠れているだけでは、やがて、敵に包囲網を狭められ、餌食になるだけだ。

そこで、清一は危険を冒してでも、一人ずつ片付けていくことにした。今のところ、敵は二宮を含めて三人だけのようだったが、念のため四人と考えてみることにした。一人多くすることで、不意打ちを食らうことがないようにしたのだ。

清一は、今隠れている場所を本陣と定め、一人片付けるごとに本陣へ帰ることにした。清一が現在いる叢は、空き地の四方を東西南北に見立てた時、「X20、Y0」。二宮は「X100、Y70」、他の者はそれぞれ「X0、Y70」、「X50、Y100」となった。清一が想定したもう一人の男は、中原か「X100、Y0」の地点にした。

月明かりの中の対決は、何度も経験済みの清一だったが、隠れ場所が叢だけというのは初めてだった。そこで、小道具が必要と考えた清一は、小枝や小石を探してみた。

長めの枝を使って右側の草の間から敵の動きを探ろうとした時だった。三方から狙いすましたかのように、枝先に向けて銃弾が撃ち込まれた。その中の一発が手元をかすめたので、清一はセンサーの存在を意識しなければならなかった。敵は目視して撃っているのではなく、センサーが反応したところを狙っているようだった。

清一は、上着を枝先につるして敵の反応を待った。センサーから飛び出たところまで枝先を伸ばし、すぐ体を引っ込めてみた。案の定、銃弾は上着へは向かわず、清一めがけて飛んできた。やはり、体温にセンサーが反応していた。不利な状況を打開するための行動をとらなければならないと考えた清一は、まず「X70、Y70」の敵を倒すことを考えた。二人の敵が直線になるように接近すれば三方からの攻撃はなくなり、「X0、Y70」の後ろの敵も窮するはずなのだ。

清一は、積極的に前に出た。そして、相手が動揺したところを見逃さず命中させた。それから、四十メートルの距離を全力疾走して男に近づき、ピストルを確保した。躊躇せずに全力で走ったのは、ピストルを奪い戦意を喪失させるためだったが、次のターゲットに圧力をかけるためでもあった。

清一は、隠し持っていたピストルとナイフを素早く取り上げ、他に武器を持っていないことを確認すると、次のターゲットと二宮が直線上になる場所へと急いだ。

回り込むようにしてターゲットを追い込んだ清一は、長い枝で叢を揺らしながら距離を詰めた。そして、雲の切れ間から月の光が差し込むのを待った。

風が、出てきた。隠れたと思っていても草が左右に揺れるので、相手から見えることも考えておかなければならなかった。清一は、より一層姿勢を低くして進んだ。

そんなとき、中原の辺りで赤い光が一瞬だけ見えた。中原には注意をしていたが、レーザーピストルが持ち込まれていれば厄介なことだ、と清一は思った。レーザーピストルは、射撃の技術がそれほど高くなくても、引き金を引きさえすれば命中する確率が高い代物だった。先ずは、ターゲットを倒しておかなければならないと考えた清一は、一層の圧力をかけることにした。

清一は、直線上から外れようとするターゲットに石を投げ、二宮と重なった時に室建から渡されたピストルで発砲してみた。すると、二宮からも発砲があり、悲痛な叫び声が上がった。それは、月が雲に隠れたので威嚇射撃をしただけだったが、そのため、ターゲットが倒れたのは二宮の発砲によるものだと推測された。残るは二宮と違和感が感じられるようになったレーザーピストルの男だけになった。

清一は、決戦の場所に到着した時、ある機器のスイッチをオンに切り替えていた。ある機器とは、府中刑務所を訪れた時、大滾博士の代理の者から渡されたものだったが、メモ書きを読んでみると、IT技術を使用したものに有効だとあった。その中には、レーザーピストルも含まれていたので使用してみることにした。レーザーピストルの電子装置を狂わせて、光線角度をコントロールできなくしたり、発射のタイミングを遅らせたりすると、書かれていた。

迷い始めているのではないか、と清一は思った。レーザーピストルの男は、なかなか思い通りに命中できないので、レーザーピストル自体に疑問を持ち始めたのではないか。レーザーポインターを装着すれば、命中確率が数段に上がるはずなのに、反対に命中確率が下がっていることに気づいたのではないかと。

レーザー光線の角度を変えることが確認できたので、タイミングを狂わせるスイッチをオンにしてみた。今度は、レーザーポインターが照射された時に身をかわせば、銃弾から逃れられることの実証だった。角度の変更よりも危険度は増すものの、注意を怠らなければ何とか着弾から免れる。

清一は、レーザーピストルの男へ向かって前進をくり返し、少しずつ距離を縮めた。レーザーポインターが照射されても巧みに体を移動させたので、銃弾をかわすことができた。

レーザーピストルの男は、焦っているように思えた。二宮からの援護射撃が、少なくなっているからではないか、と思った。レーザーピストルは、命中確率が高いので落ち着いて一発で命中させればいいが、連射することは精神的に不安定になっている証左だった。

二宮は、樹木を背にして指揮を執っていたが、月光が差し込むようになっても姿が見えなかった。やがて、月が雲間に隠れ、轟音が空を揺るがした。草が波打ち、叢にざわめきが起こった。

敵か味方か定かではなかったが、ヘリコプターが轟音とともに空中に舞い上がったところをみると、清一には敵のヘリコプターのように思えた。

「待ってくれー」

我を忘れ、立ち上がって叫んでいるのは、レーザーピストルの男だった。

清一は、二宮が逃亡したのではないかと思った。それ以外には考えられなかった。仲間の一人は負傷して動けず、もう一人は二宮の誤射で生死が不明だった。絶対ともくろんだレーザーピストルも期待外れとなれば、後日再挑戦と意を決したのかもしれなかった。

清一は、今がチャンスとばかりに前進した。ところが、レーザーピストルの男が振り向きざまに連射してきた。レーザーポインターを使わずに、やみくもに連射してきている。清一は、相手の気をそらしながら逃げるしかなかった。小石を別の叢に向かって投げ、連射が途切れるのを待って逃げた。

静けさは、連射が四、五回続いた後にやってきた。清一が叢からレーザーピストルの男の様子を窺ってみると、意外にも月光の中に呆然と立っていた。その姿からは、清一を仕留めたという達成感などは全く感じられず、どちらかというと、放心状態だった。

「出てこい。出てきて勝負しろー」

正気に戻ったのだろうか、レーザーピストルの男が叫んだ。

清一はそれには何も答えることなく後ずさりした。そして、後ずさりしながら離れた叢に向けて小石を投げた。すると、どうしたことなのか、小石の出どこに向けて撃ってきた。そして、清一のピストルを弾いたのだった。連射が続いている状態だったので、ピストルを拾いに行くにはリスクが高すぎた。そのため、清一は気づかれないようにその場を離れるしかなかった。

草地の端の方まで後退して身を潜めていると、再びヘリコプターの轟音が聞こえてきた。すると、レーザーピストルの男は仲間が迎えにやってきたとでも思ったのだろうか、連射が嘘のようにやんだ。けれども、ほっとしたのは、束の間のことだった。ヘリコプターが味方のものだと確信できないと業を煮やしたレーザーピストルの男は、狂暴とも思える連射を始めたのだ。

それは、相手の所在を確認したものではなく、ただ叢に近寄っては銃弾をばら撒くようなものだった。清一の方へ近寄ってくる場面もあったが、居場所を確認して近寄ったわけではないようだったので、少しの間だけ息をひそめていると、遠ざかっていった。

ところが、月光が斑《まだら》に降り注ぐようになると、事態が一変した。レーザーピストルの男が立ち止まったかと思うや、清一の方へ向かって駆け出したのだ。それは、連射に次ぐ連射、必ず仕留めてみせるといった迫力あるものだった。

清一は、樹木をつたいながら逃げるしかなかった。けれども、レーザーピストルの男の獲物への執念は、異常だった。清一を四隅の中の一角に追い込めば血祭りにあげることができると思っているのか、遮二無二《しゃにむに》、角へ角へと追い込んだ。そして、とうとう清一を一角へ追い込んでしまった。

「万事休す」、この言葉が清一の脳裏をかすめた。けれども、清一は落ち着いていた。ヘリコプターに二宮が乗っていればゲーム終了の可能性が高かったが、時間が経過しても二宮が現れないので、本田記者が乗ったヘリコプターの可能性が出てきたからだった。清一のメールを見た本田記者が、すぐに動いたのかもしれない。これまで、このようなタイミングでのメールの受信はなく、強引にヘリコプターの許可をもらったかもしれなかった。

諦めるのはまだ早い、と清一は唇を噛みしめた。自他ともに苦しい時間帯だったので、ヘリコプターから降りてくるのがどちらかで、命運が分かれるからだった。また銃声が鳴り響いた。清一は身を翻し、他の立木の陰に隠れるしかなかった。レーザーピストルの男は、清一からの発砲がないのに気をよくしているのか、清一がピストルを所持していないのを確信しているのか、何の警戒もないまま追撃してきているようだった。

「あっ」

不覚にも、清一が切り株に躓いて転んでしまった。

「一巻の終わりだ。観念しろ」

今がチャンスとばかりに駆け寄ってきたレーザーピストルの男が、喉元に銃口を当てて言った。

清一は、促されるまま立ち上がらなければならなかった。憐れむように降り注ぐ月光。しかし、清一はまだ諦めてはいなかった。そのため、何か手がないか模索しながら、周辺の様子に気を配ってみた。

けれども、何もなかった。帳の向こうは、よそよそしいばかりだったし、ここに至っては、草木さえも無口を装っていた。

「一つだけ、教えてくれないかな」

「何だ」

「どうしても、分からないことがある。あの世とやらの土産に教えて欲しい。『ナガタ3―18―1』が、何を意味するのか分からないんだ」

「それなら。聞いたことがある。向こうのボスのことじゃなかったかな」

「向こうのボスって」

「あの世の土産と言っても、それ以上は無理だ」

「ありがとう。それで、分かったよ」と、清一が明るい声で言った。

「嘘をつけ。それだけで、ボスが誰か分かるわけがない」レーザーピストルの男が、いら立った。

「関西のボスのことだろう」

「うるせえー。観念しろー」

レーザーピストルの男が、清一に図星を言い当てられて、トリガーの人差し指に力を入れた。

（十三）

「ご苦労様。疲れたでしょう」

ゆいが、心配顔を笑顔に変えて言った。

「悪い、いろいろあって……。皆の顔が見たくなった」

そこには、皆を心配させたくない清一がいた。

言葉の中にさまざまなことを一括りにして詰め込むのが、清一の口癖のようになっていた。銃撃されたとか、命を狙われたとかと言ったところで、それらは、ストレスを売りつけるようなものだった。今回、二宮の要求に応じたのも、木村の妹を助けることは勿論だったが、極悪に関する決定的な情報を得るためだった。迂闊に言おうものなら、ゆいにとってはストレス以外の何物でもなかった。

清一は、猪苗代でのことも何も話さなかった。レーザーピストルの男がトリガーの人差し指に力を入れ清一を撃とうとした時、轟音と共に眩しいばかりの光が一帯を照らした。そし

て、

「チャンスをあげよう。今すぐここから離れなさい」

と本田記者の声。すると、幸運にもレーザーピストルの男は、何もかも捨てて逃げだしたのだった。

夜食を済ませひと風呂浴びた清一は、疲れ果て、睡魔の虜《とりこ》になっていった。東京から福島へ向かい、命さながらの銃撃戦をし、ヘリコプターでむつ市までやってきたのだから、骨の髄まで疲れ果てていた。

翌日、清一が目覚めたのは、八時過ぎだった。

「お父さん、帰ってたの」

有が、タブレット片手に声をかけた。

「清一さん、この子ったら片時もタブレットを離さないのよ。買い与えるのが、早かったかねえ」

幸代が、眼鏡越しに有を見ながら言った。

「おばあちゃん、これ使いこなせなかったら、遅れちゃう。勉強にもついていけないのよ」

と、視線はタブレットから離さなかった。

「今、何をやってるんだ」

清一が、箸を置いて参加した。多分、ゲームに夢中になっている、と思ってのことだった。

「プログラミング。これ、プログラミングっていうのよ」有が、明るい声で言った。

「象がいるけど、プログラミングって何」

最近よく聞く言葉だったが、清一は理解していなかった。

「象さんが、いるでしょう。象さんじゃなくてもいいんだけどね。今、六番目から二十番目まで進むんだけど、二つ進んだらお花を摘むの。そして、その動作を七回くり返すの。六から二十まで二つずつ進むというのをプログラミングでは、『FROM6TO20BY2』って表すのよ」

「何々、この枠の中の『7』は、七回くり返すということか。それから、六から二十は区間で、最後の『2』は二つおきにという意味か」

「この枠は、ループっていうのよ。プログラミングって、面白いでしょう」

有がそう言って、視線を一瞬だけ合わせた。それから、再びタブレットに視線を戻すと、次の画面へと進んだ。

有の楽しそうな様子に満足した清一だったが、再び手にした箸を直ぐに置いた。それは、何気なく目にしたメモ用紙に反応したからだった。有は、プログラミングの学習で『FROM,TO,BY』について清一に説明したが、メモ用紙には『6―20―2』と書かれていたからだった。それは、紛れもなく「長田3―18―1」に酷似していた。

清一は、否応なく刑事に戻らなければならなかった。

「有。お父さん、質問があるんだけど、聞いてもいいかな」

「いいけど。でも、どうしたの。そんなに怖い顔をして」

有が、目を丸くして言った。

「あなた、仕事は持ち込まないって、言っていたでしょう」

「悪い。有の意見を聞きたいだけ」

「有、お父さん困っているみたいだから、協力して」

「『オサダ3―18―1』。これ、住所じゃないみたいなんだ。プログラミング風に解釈するとどうなる」

清一が、顔の筋力を緩めて言った。

「オサダのところには、『CUNTER』などの変数を表す言葉が入るのよね。『CUNTER3―18―1』と置き換えられる。だから、三から十八の間を一つずつ動くのか」

推理を続けていた有の顔が、歪んだ。

「教室の机なんか、どうだ」

と、清一が食らいついた。

「席順かー。三十五人だと、五列の七人ずつだよね。前列の三番目から数え始めた時の十八番目は、第一列目の前から四番目でしょう。でも、別の数え方もあるんじゃないかな」

「うーむ。そうか、ありがとう。有が、こんな勉強をしているなんて、思いもよらなかった」

満足そうな清一だった。

清一は、再び箸を持つと、ご飯を一気に食べた。事件解決のめどが立ったわけではなかったが、大きく前進できそうな気がしたからだった。

それは、有から教えてもらったプログラミングのヒントによるものだった。教室の席順を国会議事堂の席順に置き換えた時、「長田3―18―1」の意味するものが分かった気がしたからだった。やはり、変数にあたる「長田」は「永田」のようだった。もし、「3―18―1」が席順だとすると、殺害された外務省職員の尾崎は、国会議員名を暗号化して残したかったのだろうと推測された。そして、「3」の下線は2回続けて読むなどの意味を含んでいるかもしれないと考えた。

清一は、二階へと急いだ。そして、玉田、室建、本田記者に立て続けに電話した。ここに至って、最終局面を迎えたと判断したからだった。

玉田には、これから浅虫に向かったのち、今夕には東京に戻る旨を。室建には、中尾の秘書が死亡した経緯の再調査を頼み、それから、本田記者には、衆議院の議員会場の席順と議員名の調査を依頼した。

「悪い、ゆっくりできないで」

清一が、ゆいに申し訳なさそうに詫びた。

「それより、あなた。目一杯は、駄目よ」

清一の手を、包み込むようにして言った。

「ううむ」

清一にとっては難しい注文だったので、絞り出すような返答になった。

下北駅まで送られた清一が向かったのは、浅虫だった。浅虫に寄らなくても、極悪に辿りつくことは可能だとも思えたが、元見習い秘書のところに何か潜んでいそうな気がしてならなかった。

電車は、清一を乗せて陸奥湾を時計回りに進んだ。大きく見えていた釜臥山《かまふせやま》が、横浜町を過ぎると周りの山々に同化して一塊になった。そして、野辺地駅が近くなると、空の青と海の蒼の間で息づくだけの存在になってしまった。

野辺地を過ぎても、時計回りは続いた。ただ、海岸線は直線的になり、時計回りの継続を連想することは困難になった。

遠くにフェリーが確認できるようになって、時計回りの発想は終了した。都会の雰囲気がどんどん近づいてきたが、それは、景色ばかりではなく、人々の会話や何気ない仕草から醸し出されているようだった。

浅虫駅で下車した清一は、何の迷いもなく旧道へ続く坂を下り、左折して温泉街へ出た。それから、間口の広い旅館の前を通ると、再び左折した。

清一が向かった先は、ガードをくぐったところにある元見習い秘書の家だった。東京から浅虫に帰ってから父の旅館を手伝っていると話してくれた好青年は、清一の質問にてきぱきと答えてくれた。

清一が、先輩秘書が亡くなったことを伝えると、暫くの間動揺が続き、口を開くことさえままならなかった。その様子から付き合いがなかったのだろうと判断した清一は、感情が落ち着くのを待った。そして、見計らったように先輩秘書の娘に会ったことを話した。

「先輩から何か頂いたものはありませんでしたか。例えば、記念品のようなもの」

清一が、核心に触れた。

「はい、箱入れのバッジをもらいましたけど。それが、何か」

「そのバッジは、今でもありますか」

「大切な思い出の品ですから、仏壇の抽斗《ひきだし》に」

「見せてもらっていいですか」

初対面の清一は、強要せずに丁寧な対応を心掛けた。このような時には、相手の信頼を確認しながら、一歩一歩進めることが大切だった。

「これですけど」

暫くして、元見習い秘書が清一に見せたのは、小さな紙製の箱に入ったバッジだった。

清一がバッジを手にしてみたところ、ごく普通の玩具のようだった。クリップがついていて、胸につけたり、カバンにつけたりしても可愛いもののようだった。箱も注意してみたが、何も書かれていなかった。先輩秘書が後輩秘書の将来を危惧して渡したというのに、何も変わったところはなかった。

「もう一度見せてもらっていいですか」

お礼の挨拶をして、帰る間際に清一が言った。

何もないことが、かえって清一の心に引っかかった。再びバッジを手にした清一は、耳を傾けバッジを強く振ってみた。すると、かすかに音がした。清一は、了解を得たうえで何度も試行を重ねた後、バッジを解体することに成功した。

中から出てきたのは、小さな紙包みだった。清一は、一層慎重に中に入っている物を出してみた。すると、一枚のSDカードが出てきた。紙包みの裏には、「迷惑かもしれませんが、これを君に託します。もし、強い正義感の持ち主が、このSDカードを必要だと訪れたら渡してください」と書かれてあった。

清一は、SDカードのコピーを受け取ると、くれぐれも用心するようにと言い残して、海岸へ向かって歩き始めた。ガード下を潜り抜けバイパスの信号機を渡ると、MAY新聞社のヘリコプターが待機していた。


「大利家戸さん、昨日は大変でしたね。先ずは、休まないと」

〝ふたたび〟へ戻ると、待ち構えていた室建が言った。

準備中と書かれたプレートに「申し訳ない」と挨拶をしてから店内に入った清一は、小座敷

へと急いだ。そして、室建兄妹が席に着くのを待って、

「安岡四十二《やすおかよそじ》が、犯人だと思います」

と、言った。

「あの、衆議院議員の。何か証拠でも出たんですか」

室建が、驚きを露わにして尋ねた。本命視されていた中尾ではなく、今まで一度も名前が挙がったことがない安岡の名前が出たからだった。

「このSDカードは、中尾の元第二公設秘書が元見習い秘書に託したものです。この中に安岡の名前が記されています」

清一が、内ポケットから取り出したSDカードをテーブルの上に置くと、落ち着き払ってそう言った。

「元第二公設秘書は、安岡が何をしたと記しているんですか」

室建は、いつになく慎重になっていた。安岡が選挙に強い議員だということは知っていたが、政治の表舞台に登場することが少ない議員だったので、情報量が少なかった。

「キックバックです。中尾と安岡の関係がよいという話は聞いたことがない、でも、以前にもキックバックが安岡経由で中尾に入っていると記されている。中尾の秘書が自殺したのは、良心の呵責《かしゃく》に耐え切れなくなったからではないかと」

清一が、自信ありげに言った。

「SDカード以外にも何かないと……。SDカードを鵜呑みにしていいのかしら」

　里美が、身を乗り出して参加した。今回の特命捜査にも協力をしてきた里美だったが、安岡がなぜ関係しているのか分からなかった。

「興味深いことがあります」

　と言って、清一がメモ用紙を取り出そうとしていると、着信音が心地よく鳴り響いた。電話は本田記者からで、ファックスを送るというものだった。

「里美さん、ファックスをお願いします」

　と、清一が笑顔で言った。ファックスの内容が国会の席順だと知っていたので、説明するのに好都合だったからだ。

「これって、国会の席順でしょう」

　コピー用紙を手にした里美が尋ねた。

「そうです。『長田3―18―1』が意味するのは、三段目の十六番目の人物だったのではないかと思っています。そこが、安岡の席」

　プログラミングを有から教わったばかりの清一が、すまし顔で言った。清一は、「3」を3段目と読んだあと、再び3から数えてみたのだった。ファックスの席順の三段目には、空席が二つあった。三段目の一と二だった。

「私もプログラミングの講座を聞いたことがあるけど、ちょっと違うみたい。でも、応用したのなら、それでいいのかな」

と、里美が妥協した。

元外務省の尾崎も何らかの事情があって、『長田3―18―1』で妥協したのではないか、と清一は思った。殊更三段目を強調したかったのと、一段目、二段目と数えた後で、三段目からは順番に十六カウントしたところに工夫の跡が見られた。

「そこの席が、安岡の席なんでしょう。若狭が言っていた『国会議事堂』とも符合しているし、間違いないでしょう。テレビに映った安岡を見て『あっちゃん』だと思ったんですよ、屹度」

と、室建が目を潤ませた。若狭が五十年以上もの間、悩みに悩んだことに思いを寄せているようだった。

「室ちゃん、安岡と大蛇組について、調べてみてください。屹度、何かあるはずです」

清一は、ポートランド市警の二宮が中尾と安岡のどちらの指示で動いたかも知りたかったが、やめた。

事件の捜査をしていて、安岡が動いた形跡は、どこにもなかった。そのため、極悪が安岡だったとしても実行犯を特定しなければ、真相を解明したことにはならなかった。

「静岡の縄張り争いが、ヒントになるんじゃない。熱海で起きた組員同士の乱闘騒ぎのニュースを見たら、誰だって田中組と大蛇組とは犬猿の仲だって思うんじゃないかしら」

と、里美が突っ込んだ。

「屹度、そうに違いない。そうでしょう」

里美に負けていられないと、室建。

「どうしたんですか。浮かない顔をして」

室建に安岡と大蛇組の調査を依頼してから無口になっている清一に、里美が声をかけた。

「明日、義兄に会うことになっているんだけど、何をどう説明したらいいのかと……」

外務省職員自殺事件については、自殺ではなく殺人だった。殺害された尾崎は、裏交渉という職務に就いていて、キックバックが行われていることに気づいた。けれども、キックバックの首謀者が安岡であることを突き止めたところで、帰らぬ人になってしまった。

これまでの特命捜査では、真相解明が終了すれば義兄に報告し、撤退することを常としてきた。けれども、今回の特命捜査は、半世紀前に青森で起きたタイムカプセル事件とも関係しているので、それも含むかどうかが気になった。

もし、含むとなると、安岡が青森にいたという事実までも証明しなければならなかった。目撃者の若狭が「あっちゃん」という綽名《あだな》を知っていたとしても、安岡四十二と同人物かどうか断定することは、難しいことだった。

清一は、布団の中でも事件のことを振り返ってみた。何か見落としていることはないか、思い違いをしていることはないかと記憶を辿ってみたが、これといった違和感は生まれてこなかった。ただ、特命捜査の依頼が来る前に、スージーの要請で渡米したことが、心のどこかに引っかかっていた。

スージーはFBI所属のガブリエルから相談を受けたが、日本人が関係していたので、清一に捜査協力を要請したのだった。ポートランドのレストランに集合した四人は、清一とスージーの他には、FBI所属のガブリエルとポートランド市警の二宮だった。しかし、どうして清一を狙っていた二宮が参加できたのかが分からなかった。

ここまで思考した清一は、二宮が参加できたのは偶然ではないと思った。事前に情報を掴んでいて、積極的に参加したのではないかと推測した。

次の日の朝、清一は品川駅へと急いだ。そして、新幹線に乗り込んで義兄の隣に着席し、報告書を手渡して反応を待った。すると、

「ご苦労様……。大変だったね」

と、義兄から労いの言葉が出た。けれども、その後には何もなかった。何かあると感じた清一は、いつものように軽く一礼して、新横浜駅で下車した。

ホームに降りた清一は、ごく普通に行動した。見送ることはもとより、振り返ることもせずに上りの新幹線ホームへと向かった。清一がこのような行動をとったのは、昨夜〝思考の中〟で義兄の対応に強い違和感を持ったからだった。これまでの五回の特命捜査では、度々義兄から捜査状況を聞かれていたが、今回は殆どなかった。

強い圧力や監視があるのではと考えた清一は、そのことを確かめるために室建兄妹に新幹線に乗ってもらった。今日の出張は静岡市と聞いていたので、何か得られる可能性が高かった。

一度は上りの新幹線ホームへ向かった清一だったが、踵を返して横浜駅へと向かった。そして、横浜線で府中本町を目指した。府中本町で大滾博士に会ってお礼を言いたかった。猪苗代湖の決闘では、大滾博士からプレゼントされたIT技術が、レーザーピストルを狂わせ命を守ってくれた。

研究室に案内された清一は、設備の豪華さに驚くばかりだった。MRIなどの医療機器は序の口で、AI技術を駆使したロボットは勿論のこと、宇宙探査の機器までもが並べられていた。

「これは、何ですか」

清一が、小さな物体を指さして尋ねた。

「小型ロボットだよ。小型だけど、とても賢いやつさ」

大滾博士が、自慢げに話した。

「二足歩行が可能なんですね。知能は、どんなレベルなんですか」

清一は、大滾博士がとても賢いというからには、とてつもなく高い知能の持ち主だろうと思って聞いてみた。

「完成まではまだまだなんだけど、実に面白いやつなんだよ。例えば、自分自身も簡単に変形できる」

と言って、大滾博士が呪文のようなものを唱えると、人型ロボットが電動スケボーになった。

清一が、狐につままれたような顔をしていると、大滾博士がしたり顔で続けた。

「大利家戸君、君は正義感が強く、口が堅い。だから、教えてもいいんだが、僕はこの技術で世界平和に貢献したい、と考えているんだよ。紛争のすべてを否定するつもりはないんだけど、弱い立場の人の生きる権利を少しでも援護したいと考えて、開発することにしたんだ。君にプレゼントしたチップも、このプロジェクトの中で開発したものなんだ」

大滾博士にとって清一は、胸襟《きょうきん》を開いて話せる友人のようだった。

「説明文を見てまさかと思いましたが、信じることにしました。お陰様でかすり傷だけで命拾いしました」

と言って、清一が頭を下げた。

それから清一は気になっていることを質問してみた。それは、神経ガスについてだった。すると、大滾博士は、五ミリ前後の容器を使って植物が空中に種をまくのと同じくできると説明してくれた。

「大利家戸一幸って、君と関係あるんだっけ」

と、大滾博士が憂鬱そうな顔をして続けた。

「義兄ですけど、何か」

「ちょっと小耳にはさんだんだけど、話していいものか」

「義兄に関する話だったら、是非聞かせてください」

まさか、大滾博士の口から義兄の話が出るなどと思ってもいなかった清一は、顔を強ばらせた。

「大物政治家から相当圧力がかかっているようだ。痛くもない腹を探られて困るとか言って
……。だけど、君のお義兄さんも悪いものは悪いって、譲らないようなんだ」

と言って、清一の顔をまじまじと見た。

「そうですか」

清一は、義兄らしいと思った。だからこそ、特命捜査を続けられているのだ。

清一は、圧力をかけているのは中尾だろうと思った。中尾なら防衛省への影響力も大きく、防衛費に狙いを定めてキックバックを得ようとしているのだから、義兄に圧力をかけることも充分に考えられた。

特命捜査の結果では、外務省職員の尾崎の死は自殺ではなく他殺だった。殺害原因は、尾崎が書き残した「長田3―18―1」から防衛装備購入に絡んだキックバックを疑われたからだと推測された。

キックバックは、巧妙に仕組まれていた。いくら権力の座にある中尾を追及しても送金を受

けた痕跡がないので、逮捕することなどできない。しかし、安岡が介在していることの証明ができれば、キックバックの存在を証明できる可能性が出てきた。若狭の証言から、安岡はタイムカプセル事件で須藤を殺害した植田だと分かったからだ。植田は結婚を機に養子に入っていて、その姓が安岡だった。

清一は、真相解明がなされた今になって、中尾や安岡が義兄に圧力をかける理由は何か考えてみた。一連の情報は本田記者によって徐々にマスコミにも流れていて、確かな証拠が一つでも見つかり、どこかが取り上げれば、雪崩《なだれ》を打ったように報道されるのは分かり切ったことだった。政治の表舞台から消え去ろうとしている今、悪あがきはみっともない限りだと、清一には思われた。

「大利家戸君、政治家は一般人からは理解できない生き物のようだよ。何しろ、金まみれの生活だから。権力の座に就くと、その額が途方もなく大きくなるんだ。そうなると、周りの政治家も胡麻《ごま》をすることはあっても諫言《かんげん》などしない。裸の王様の誕生だよ。

それでは、権力の座に就くにはどうしたらいいと思う？　金をばら撒けばいい、嘘をつけばいいんだ。

権力の座に着いたら、どうすれば消費期限が長くなると思う？　やはり、嘘をつきとおせばいいんだよ。そして、二言目には『国民のため』と絶叫し続けていれば、時間稼ぎにはなる。

君のお義兄さんに圧力をかけるのだって、後ろめたさがあるからだ。何とか有耶無耶《うやむや》にして逃げたいんだよ。今の世の中は、大臣になるにも金、なってからも金、辞めるときも金。国民は、どの時点でもチェックできるはずなのに、口車に乗って騙されてしまうんだな。国民援助金や国民救済金だって、結局政治家が懐を増やすための政策だと思う」

大滾博士は、持論を述べ、呆れ顔で口を閉じた。

清一は、権力の座に居座るためなら平気で圧力もかけるし、それ以上のこともする、と警告したかったのだろうと思った。大滾博士の忠告を心に刻んで府中を後にした清一は、八王子駅に着くと本田記者に電話をした。相変わらず元気印の本田記者は、新宿の喫茶店でなら会えるとご機嫌だった。

猪苗代行きを連絡してくれたことが余程嬉しかったのか、無理に時間を割いてくれたようだった。

「清さん、あんな危険なことは、金輪際やめにした方がいいですよ。でも、誰の指示だったんでしょう。やはり、中尾あたりですかね」

と言って、本田記者が清一を諌《いさ》めた。それは、名刑事と二宮が紙一重だと言っているようでもあった。痛いところを突かれた清一は、手を合わせて謝るしかなかった。

「僕たちが駆け付けた時、米軍のヘリコプターとすれ違いになったけど、関係があるんでしょうか」

本田記者が、疑問に思っていたことを尋ねた。

「間違いなく、米軍機だった？」

驚いた清一が聞き返した。

「うちの操縦士も、そう言っていましたから、間違いありません」

「逃亡したのか」

清一が、悔しさを滲ませて言った。

二宮が荷物の中に紛れて軍用機で日米間を移動できたとしても、ヘリコプターを使用できる仲間がいたとは考えにくいことだった。民間機であれば使用できたとしても、軍用機となると皆無に近いことだった。

清一の脳裏に、スージーの存在が浮上した。二宮が決戦の場から姿を消した時、逮捕の可能性を考えてみたが、露ほどのものだった。しかし、本田記者からヘリコプターが軍用機だと聞かされた今、スージーが関わったのではないかという疑念が広がったのだったが、疑いはそれ以上進まなかった。

もし、スージーが逮捕したのなら、なぜ連絡してこないのか、と清一は考えてみた。その理由は、二宮はれっきとした米国人であり、ポートランド市警の刑事だからではないのか。二宮が、一連の行動を職務上のことだと主張すれば、それを覆すことは容易なことではない。だから連絡できないということは充分考えられた。

「本田君、君に渡しておきたいものがある」

清一はそう言って、小さな封筒を差し出した。

「いいんですか」

本田記者が、封筒の中身を確かめて言った。

「うん」

封筒の中身は、中尾の元見習い秘書が提供してくれたSDカードのコピーだった。それには、キックバックの詳細が記録されたほかに、安岡の名前が連想されるものも記されてあった。清一は、このSDカードによって、中尾や安岡がもがけばもがくほど真綿で首を絞められることになるだろう、と思った。

本田記者は、証拠品を得たからといって、すぐに特ダネに結び付けるような記者ではなかった。必要なら競合他社へも提供し、悪へ挑んできた過去の実績があった。

清一は、清々しい気持ちで喫茶店を出た。別れたばかりの本田記者が、勢いよく駆けながら人ごみの中へ消えてゆく。それが、なんともほほえましい光景に見えて仕方がなかった。

（十四）

清一は、今日の宿である赤東旅館へと向かった。

「お帰りなさい」

女将が、小走りに出てきて挨拶をした。

「赤東さんは？」

「うちの人ったら、テレビから離れないんですよ。何でも、明日滅多に見られない代表選があるそうで、今夜はその特集番組なんだそうです」

と、女将が呆れ顔で言った。

明日平民党の代表選挙があることを忘れていたわけではなかったが、特命捜査が大詰めを迎えていたので頭の片隅へ追いやっていた。

ひと風呂浴びた清一が夕食を食べようとしていると、赤東が慌ててやってきて、挨拶もそこそこに切り出した。

「あの中尾さんが、代表に選出されるかもしれないって、本当ですかね。三番手か四番手なんですけど、ひょっとするとあり得るってコメンテーターが言っていましたけど」

「そうですか。でも、ないんじゃ……」

汁椀を取ろうとしていた清一の手が止まった。それは、何かに反応したからに他ならなかった。

中尾の派閥は、四十人前後の小所帯だ。中尾が平民党の代表になるためには、少なくても数十人の派閥を複数抱き込まなければならないが、今のところ、そのような情報は流れていなかった。しかし、清一は赤東からコメンテーターの参考意見としてではあったが、わずかながら可能性があると聞かされて、反応せざるを得なかった。

安岡が、殺人やキックバックを単独でやったと自供すれば、中尾は特命捜査の対象から外れてしまうからだった。容疑者たちに裏で手を組まれた時の立証の難しさは、とてつもなく困難極まるものだった。最初から仕組まれていることなので、証拠品が出てくることがないからだ。

清一は、知らず知らずのうちに〝思考の中〟へ引きずり込まれていった。食事が終わった部屋には誰もおらず、呼び戻すことすらできなかった。

中尾が最後の賭けに出たのではないか、という思いが脳の大半を占めた時、清一は〝思考の中〟から脱出することができた。それは、中尾の豪胆な性格からも明らかだったが、年齢七十一歳ということからみてもラストチャンスかもしれなかった。

ただ、〝思考の中〟の推理が現実味を帯びたとしても、職務外のことでしかなかった。義兄から依頼された特命捜査については報告済みで、タイムカプセル事件の謎解きも終了している清一にとっては、中尾をこれ以上追及することは無理のように思えた。

それにしても、と清一は思わざるを得なかった。犯罪を積み重ねてきたものが、国民の代表者になっていいわけがなかった。

翌日、朝食を済ませた清一は赤東に丁寧に挨拶を済ませ、〝ふたたび〟へ向かった。午後の新幹線の予約をしていたので、室建兄妹と会食した後帰青するだけだった。帰りの新幹線では、警察庁主催の捜査訓練講習会に出席するために上京している玉田と上野で合流することになっていた。

「新幹線に乗車する頃には、代表選が決着しているかもしれないな」

室建が、なんとも言えない面持ちで言った。

「『毛並みがいいことを盾に、根回しして生まれる代表にはうんざりだ』が、中尾の口癖でしょう。チャンスがあるとすれば、簡単には諦めないと思う」

最近の報道にうんざりしていた里美の弁だった。裸の王様と化した総理の発言は軽く、その総理が指名した大臣たちは粗末な烏合《うごう》としか見えなかったからだ。

「そうかもしれない」

清一は、慎重に言葉を選んだ。中尾は、両議員総会が始まるまでは起死回生の一手を模索するだろうと考えたからだった。

諦めない中尾の話が熱を帯びてきたとき、水をさすように着信音が鳴った。

「清さん、昨日は貴重なもの、ありがとうございました。ちょっと重要な情報が入ってきたので伝えておいた方がいいと思って。代表選挙の件、中尾の目が出てきました。詳細は、後で」

本田記者が、早口に一気に話した。

「お願いします」

混沌とした空気を察して、清一は短く切り上げた。

清一は、携帯電話をポケットにしまった後で、二人に中尾が代表に決まるだろうと伝えた。

本田記者からの情報は、中尾の目が出てきたというだけのものだったが、それは、最低でも大派閥の一角を崩したということを意味していると考えたのだ。

一時間ほどすると、再度本田情報が飛び込んできた。

「中尾グループのキャリア出身者が、省庁の幹部に盛んに働きかけをしているそうです。今回だけは中尾にしようと。取り敢えず続報です」

ニュースは、本田記者の一方通行で伝えられた。

清一は、携帯電話をテーブルの上に置きながら、本田速報をくり返した。

「脅してでも勝ち取るつもりなんでしょうか？」

と言って、政治の舞台裏を垣間見た里美が、溜息をついた。

暫くの間、三人の話題は代表選挙から離れられなくなっていた。何しろ、巨悪として捜査してきた中尾が、代表選挙の一番手に上がってきたのだから、注目せざるを得なかった。

昼近くになって、里美が慌ただしく動き出した。すっかり代表選挙の行方《ゆくえ》が気になって額を寄せ合っていたために、清一の出発時刻が置き去りになっていた。

「えっ、そうなんだ。ありがとう」

三度目の速報に、清一はそれだけの対応しかできなかった。

「本田さんは、何と言ってきたの」

清一の呆気にとられた顔を見て、里美が尋ねた。

「中尾で決まりだそうです」

「えっ、それは変だ。投票は、これからだろう」

中尾の当選は絶対にありえないと言っていた室建が、狐につままれたような顔で言った。

「彼らは、その道のプロです。各派閥に徹底取材を試みた結果、そのような票読みになったのでしょう」

「大利家戸さん、青白いわよ。気分が、悪いの」

清一の血の気が引いてゆくのを見て、里美が言った。

「平民党の代表になるということは、総理の椅子を手にしたのも同然だよ。誰が何と言おうが、キックバックに関してはもみ消すはずだ。大利家戸さんは、それを危惧しているんだよ」

室建が、落ち着き払って解説した。

「そうなんだけど……。でも、僕たちは真相解明したんだから、割り切るしかない」

清一は声を落とした。今はそうでもしなければ、最後の一口が喉を通らなかった。

清一は、室建兄妹に感謝の気持ちを述べると、〝ふたたび〟を出た。座席指定券の変更をしてもよかったが、際限のないことだった。

清一が東京駅へ向かっている頃、ホテルでは平民党の代表に決まった中尾の記者会見が行われていた。

記者会見には、五十社を超える報道関係者が集まっていて、中尾の発言に注目していた。中尾の記者会見に先立ち、司会者から中尾のスピーチ後に質疑応答がある旨の説明があった。

スピーチプロンプターを前にして、中尾のスピーチが始まった。恰幅の良い中尾が姿勢を正し話す様子は、一見惚れ惚れするようにも見えたが、スピーチが始まって三分もしないうちに、突如として乱れた。

「地球温暖化にも真摯に取り組みたい、と思います。贅沢を排除するというような日本的手法を選択するのも一法でしょう。また、発電の技術革新を推し進めなければなりません。『キックバック』をしたことを素直に認めなければ、花火の打ち上げがあります」

中尾は、途中で声色《こわね》を変えざるを得なかった。スピーチプロンプターに目をやりながら読み上げていたが、あってはならない言葉があったからだった。それまでは、名調子ともいえる演説だったが、紛れ込んだ文章によって乱れてしまった。

「失礼。地球温暖化には、積極的に取り組みたいと思います」

口元を白いハンケチで押さえ、余裕のあるそぶりを見せた中尾だったが、スタッフに耳打ちされると、憮然とした表情になった。

「次に、資源小国であるわが国は、観光立国を推進していく必要があります。『外務省職員殺害に関与していたことを認めろ。認めなければ……』。何だ、これは」

中尾が、耐え切れずに声を荒らげた。それから、白いハンケチで額の汗をくり返し拭った。

再び、スタッフの一人が小走りに駆け寄った。そして、成田空港で予告通りの小さな爆発があった、と伝えた。

「国民の皆さん、私はどんな脅迫にも屈することはありません。今、私は嫌がらせを受けています。でも、負けません」

中尾は、この機会を逃したら二度とチャンスが巡ってこないとばかりに、態勢の立て直しに必死だった。そして、

「インバウンド効果は、国を潤します。経済が活性化されます」

と、繋いだ。

「しかしですよ、そのような政策を実行しなければどうなりますか？『平戸で爆発をさせた』」

中尾は、スピーチプロンプターから目を離して演説を止め、スタッフの方へと視線を送るしかなかった。

するとスタッフが血相を変えてやってきて、長崎県平戸市で本当に爆発があったと伝えた。その爆発は、民家が一軒吹き飛ぶほどの威力だったので、単にいたずらで片付けられるものではなかった。

それでも、不撓不屈《ふとうふくつ》の精神の持ち主だと自負する中尾は、温和を装い国民に語り掛けた。

「皆さん、このくらいのことで私は負けません。『次は、猪苗代で爆発がある……』」

中尾は、スピーチプロンプターに映し出された文章を読み上げた後、唇がわなわなと震えだし、絶句するしかなかった。

中尾の苦渋の程度など関係がないようにスタッフがやってきて、猪苗代湖の遊覧船が爆破されたことを伝えた。負傷者が数名出ていて大変な騒ぎになっている、と冷めた面持ちで報告した。

会場に集まっていたマスコミからも、質問が乱れ飛んだ。それは、爆発についてだけではなく、キックバックへと飛び火し、殺人事件の疑惑にまで及び炎上した。

浮足立った中尾は、キックバックに関しては記憶があったが、それ以外のことに関しては覚えがなかった。安岡や大蛇組が関係したのではないかと推測できても、詳しいことは分からなかった。

中尾は、折角掴んだ代表の座を死守しなければならないと考えていたが、記者から犯人の要求を厳しく問いただされて、代表の座を辞退させるのが犯人の目的なのではないか、と思った。

中尾は、恐る恐るスピーチプロンプターを覗いてみた。次の要求次第では、マスコミの前で代表の辞退を発表する必要が出てきたからだった。幸いにも、スピーチプロンプターには次の書き込みはなかった。

「休憩、一時休憩」

中尾はそう言うと、咳を連発しながら会場を後にした。

「先生、マスコミの方々を放っておいていいんですか。今後のこともありますし」

秘書が、及び腰に尋ねた。中尾が、ひとたび爆発すれば、手におえなくなることを心得ていたからだった。

「誰なんだ。よりによって、こんな時に」控室のソファから立ち上がった中尾が、激しくテーブルを叩いた。

「外務省職員の殺害？　平戸市での事件？　猪苗代で一体何があったというんだ」

中尾が、怒鳴り散らした。しかし、キックバックについては、心当たりがあるのか触れることはなかった。

「先生、どうします」

秘書が、時計を見ながら尋ねた。

「戻ろう」

会場へ戻れば、マスコミから集中砲火を浴びせられることは、分かり切ったことだった。しかし、中尾は休憩したことで落ち着きを取り戻した。

「すみませんでした」

罵声が飛び交う中で、中尾は落ち着き払って謝罪した。

「爆破予告があったのは、本当ですか」

「はい」

「予告通り、爆破が実行されたそうですが」

「はい」

「爆破は、事件があったところで起きているということですが」

「それは、分かりません」

「猪苗代の次の予告場所は?」

「自宅? 自宅は止めたー?」中尾が、スピーチプロンプターに映し出された文章を棒読みした。

「じゃ、次の予告場所は、どこなんですか?」

「『キックバックも認めないのか。次の爆発では、多数の犠牲者が出るだろう』。私は、どうすればいいんだ」

中尾は、プロンプターに書かれている文字を読み上げることを躊躇った。しかし、読み上げなければ爆破を増やすと書かれていたので、読み上げるしかなかった。

「代表を辞退しろということでしょう。キックバックを認めると、そうなりますが」と、記者の一人が辞退を口にした。

「君、失礼なことを言うんじゃない。キックバックの証拠も提出されていないんだぞ」

腹を括ったはずの中尾が、吠えた。

「失礼なのは、どちらでしょう。あなたがしたことで、国民が犠牲になろうとしているんじゃないか。キックバックはやっていないんですね」

「……」

反論ができない中尾は、生唾を飲み込むしかなかった。けれども、そんな中尾を揶揄するかのように、大型モニターに南千住で爆発があった旨の速報が映し出された。

「まだ、しらを切るんですか。キックバックをやったんでしょう。潔く辞退したらどうなんです」

「……」

中尾は、ぐうの音も出なかった。

中尾の異常なまでに異常な記者会見が続いている頃、清一は清掃が済んだばかりの新幹線の中にいた。発車までに三分を切った時、着信音が鳴った。

「大利家戸さん、助けてください」

携帯電話から週刊サンニチ記者木村の悲痛な声が、聞こえてきた。

「どうしたんです。はっきり、言ってください」

「妹が、助けを求めてきたんです。恋人が、中尾を脅していると言ってきたんです」

「もっと具体的に話してください」

清一は中尾の名前を聞いて、デッキから身を乗り出した。

「恋人の名前は、河内山《こうちやま》といい、中尾の私設秘書をしています。中尾の企てで両親を失い、その復讐をするために、今がチャンスとばかりに攻撃を開始したようです。次々と爆破させているので、中尾の記者会見が大変なことになっています」

と、木村は苦しい胸の内を明かした。爆発物は予め設置されていて、携帯電話による遠隔操作で起動させる仕組みになっているようだった。

「それで、妹さんは何と」

「暴力団がカレンダーにメモしていた居場所を突き止めて、恋人の方へ向かったそうです。見つけ次第殺せと言って」

「分かりました。居場所は、どこですか」

ホームに降り立った清一が、落ち着き払って尋ねた。

「妹さんから河内山に今すぐそこを出て、晴海埠頭へ向かうように伝えてください」

清一は、それだけ伝えると、電話を切った。

「千住です」

清一が次にとった行動は、上野から乗車する予定の玉田へ連絡することだった。玉田とは非常事態を想定した打ち合わせを何度もしていたので、連絡さえ入れておけば事足りた。玉田なら携帯電話での会話を傍受されていたとしても、上手くサポートしてくれるはずなのだ。清一は、室建と本田記者にも電話すると、晴海埠頭へ急いだ。

清一から連絡を受けた玉田は、一旦上野駅を出てタビトへ連絡した。タビトは東公大大学院卒のエンジニアで、コンピューターが得意な恋人のゆかりと共に、清一の捜査に協力したことがあった。玉田は、前の事件でタビトと意気投合していたので、困難なことも遠慮せずに頼める関係になっていた。玉田は河内山が携帯電話で爆破装置を作動させているようなので、やがて発信場所が見つかると考えた。そこで、それを逆手に取ることを考えた。今、玉田がタビトに期待しているのは、河内山の携帯電話に侵入しているのが誰かつきとめることだった。成功すればこちらの情報を遮断し、反対に敵の情報が分かる。玉田は、河内山だけでなく、大利家戸チーム全体の監視をシャットアウトすることも依頼した。

玉田は、タビトからの朗報を待った。タビトの説明によれば、モニターには敵の監視体制下にあるデータが、赤色で表示されることになっていた。間もなく、モニターに河内山が緑色で、周辺の敵が赤色で表示された。

玉田は、タビトから清一の携帯電話が監視の対象外になっていることを確認すると、その様子を清一にリアルタイムで伝えた。また、清一から河内山の逃走先が晴海埠頭であることを聞き出した。東京湾には、美鳴の青龍丸が停泊していることは知っていたので、河内山を助けられると希望を持った。

いくら河内山の位置情報をシャットアウトできたとしても、敵には防犯カメラやドローンの他に圧倒的な人員があった。そこで、玉田は「突撃クラブ」を主宰している蓬田重子《よもぎだしげこ》に協力してもらうことにした。重子には、全国に清一への協力者がいて、緊急事態が起こった時には、専門の技術を持った者が協力してくれることになっていた。

「味方が待っている晴海埠頭に向かうように」

と指示を出した玉田だったが、河内山は周囲を敵に囲まれていて、たとえ息をひそめて隠れていたとしても、捕らえられるのは火を見るより明らかだった。

そこで、玉田は救急車を要請した。窮地を脱し、少しでも晴海埠頭に近づきたかったからだ。救急車の行動は、逐一把握されている可能性が高かったので、長い距離を移動することは危険だったが、短い距離を繋ぐには効果的だと思われた。

不安でいっぱいの河内山は、消火栓の点検をしていた男に突然声をかけられて驚いた。その男が「大利家戸」の名を口にしたからだった。河内山は躊躇うことなく救急車へ乗り込んだ。走行距離は一キロメートルほどだったが、確実に防犯カメラから消えることができた。

しかし、防犯カメラから姿をくらますことができたとしても、せいぜい十分くらいのもので、車を降りたとたん別の防犯カメラに捉えられてしまう。それでも河内山は四台の車を繋いで晴海埠頭の近くまでやってきた。

敵は最前線の刑事、それから、遠巻きに見ている暴力団。玉田の機転で窮地を脱出した河内山は、救急車から降りると徒歩で晴海埠頭を目指した。

「追いかけているのは、八名と五名の二つのグループ。奴等の腕は、確かなようです」

玉田が、先に到着していた清一に報告した。

「河内山に死に物狂いで走るように伝えてください。それから、乗船できないようだったら、海へ飛び込むようにと。必ず助けが来るので、諦めないこと。兎に角、海へダイビング……」

清一が話している途中で河内山が走り去っていった。そして、清一の行動を促すかのように、戦闘開始の銃声が鳴り響いた。

清一と室建は、晴海通りの黎明橋《れいめいばし》付近で追っ手を食い止めたいと思っていたが、二つのグループの攻撃が洗練されたものだったので、後退せざるを得なかった。

二つのグループには現役の刑事の姿が見られなかったので、田中組を主体にした混成チームのようだった。けれども、一糸乱れぬ動きが、清一たちを苦しめた。

入口の広場で一人、タワービル付近で二名負傷させたものの、六名と四名のグループに清一たちは押され続けた。そこで、清一と室建は、二手に分かれて応戦することにした。

倉庫群のあるところまで後退した清一が見たものは、河内山の影と迫る二つの影だった。清一と室建の抵抗を手強いと見た敵が、ターゲットに接近するために、二人を大きく迂回させたのだ。

清一は、もう駄目だと思った。河内山と敵の距離は二十メートル。敵が銃撃するには充分な距離だったが、銃撃せずにじりじりとその距離を縮めた。しかし、河内山も黙ってはいなかった。

「下がれ、近づくな。お前たちのボスが、吹っ飛んでもいいのか。着信すれば起動して爆発するようになっているんだぞー」

河内山が、携帯電話を高々と上げて言った。

河内山に爆破を突き付けられて、敵は怯んだ。というよりも、リーダーの判断を待たなければならなかった。そして、ほどなくしてリーダーがやってくると、

「爆発物を撤去したという知らせが入ったー。撃つんだー」

の叫び声と共に、再び前進が始まった。

この変化に危機感を抱いた清一が、叫んだ。

「ボタンを押すのは、よせー」

しかし、清一の願いを打ち砕くように銃声が鳴り響き、河内山の体が海へと飛んだ。最前線にいた敵の二人が駆けだし、海面を覗き込んだ。それから、コンクリートに飛び散った血痕を確認して、リーダーのもとへと走り去った。

「パトカーが、やってきます。大利家戸さん、俺たちは引き揚げましょう」

室建が、額の汗を拭きながら言った。

海中に飛び込めば、美鳴の配下の者が救助してくれることになっていたが、撃たれて海に落ちたのであれば生還できるのを祈るしかなかった。

一方、中尾は休憩時間をはさんで、再度記者会見に臨んでいたが、爆破予告に関する記者の質問に立ち往生していた。

「国民の命が何よりも大切です。そのために、私、中尾は、代表を辞する決意をしました。会場にお集まりの皆さん、私を支持してくださった皆さん、本当にありがとうございました」

と言って、中尾が深々と頭を下げた。

中尾には、爆破予告のメッセージが実行されたことが伝えられていた。また、田中組からも河内山を晴海埠頭に追い込み、海へ転落させたという報告も届いていた。けれども、中尾の最後の挨拶は、さっぱりとしたものだった。権力の虜のようでもなく、是が非でもキックバックを獲得しなければならないという執念を燃やしているようでもなかった。

「玉田、いいタイミングだったよ」

と、清一が玉田を労った。

「爆破のボタンを押されても困るし、暴力団に発砲されても悔いが残るので……」

玉田が、河内山の左肩を狙って発砲した時の様子を、落ち着き払って話した。

二人は、パトカーのサイレンの音が近づいてきたときには救急車に乗り込み、晴海埠頭から東京駅へと向かった。

「メールが、届いた。意外と元気だそうだ」

清一が、噛みしめるように言った。

東京駅からはやぶさ号が静かに走り出すと、清一はそっと『下北極楽弁当』のふたを開けてみた。「いがったら、食べて見せ」という文字が躍っていた。今日の珍味は、アンコウの昆布締めと酢で煮た若布《わかめ》。食してみるとなんとも言えない素朴さが、心を和ませてくれた。

海がぐずる
　風がうなる
　　ここは下北　流汗台
　　　迷い女が　やませに吹かれてる
　　　　結ばれぬ恋と　故郷に戻ったが

あなたの手紙に心揺れる　タンネツベ、シラルカ
津軽半島　沖行くフェリー　北の海峡　脇野沢

北海道と青森には、白糠や泊など同じ地名がある。空がうせたり山が凄んだりすると、どこからともなく哀愁がたちこめてくる。

（十五）

青森中央警察署に出勤した清一は、十文字署長へタイムカプセル事件の全容を報告した。

「あの安岡先生が関係者だったとは、驚きました。何もかも、大利家戸さんのお陰です。これで、市民の皆さんにも報告ができます」

十文字署長が、満面の笑みを浮かべた。

清一は、合浦警察署へ戻る旨を伝えて署長室を出た。

「まずは、いつもの会議室へ行きましょう」

廊下で待っていた興奮気味の浜道が、清一へ近づいてきて言った。清一は、誘われるまま会議室へ入りいつもの席へ着いた。すると、

「大利家戸さん、本当にご苦労様でした。感謝しています」

浜道が、涙声で言った。

「おい、おい、みんなで協力したからだよ」

「でも、大利家戸さんが来るまでは、惨憺《さんたん》たるものでした」

と、鉄山が胸の内を明かした。

「鑑識課でも、私に共感してくれる人が増えました。最初は、そんなことをしても無駄だという人が多数でしたが、結果を見て変わりました。指示が適切だと、仕事が楽しいそうです」

と、万年は清一と仕事ができたことが、満足のようだった。

「ありがとう。ただ、僕は事件と誠実に向き合っているだけなんだ。自分の立場なんかは、あまり考えないようにしている。暴力的だった須藤が、殺害されていた。目撃者が存在していたことだって驚きだった」

「謙遜しないでください、元警視庁の名刑事さん。大利家戸さんでなければ、安岡まで辿りつけませんでした。まさか、安岡が『あっちゃん』だったなんて」

と、浜道が興奮を引きずったままで言った。

会議室での会話は、一時間にも及んだ。お互いのファインプレーを讃《たた》えあったり、反省点を

指摘したりと盛りだくさんだったが、特に清一の気持ちを高揚させることはなかった。

天どんコンビは、清一が青森中央警察署の刑事課に異動することを切望していたが、執拗なものではなかった。清一が、出世や名誉などに興味がないことを知っていたからだった。

「何かあったら、協力させてください。待ってます」

万年が、力を込めて言った。

見送りは、清一の希望で玄関で少人数の別れとなった。警察官たるものは、ただ粛々と職務の遂行に専念すべき、との清一の信念を尊重してのことだった。

漸く、合浦警察署の通常勤務に戻った清一だったが、なかなか平常の精神状態に戻れないでいた。今回の特命捜査でも、命の危険にさらされたことが二度や三度ではなかったので、無理のないことだった。

通常勤務に戻って一週間経ったころ、玉田から誘いの電話があった。

「それにしても、よく間に合いましたね」

清一が〝せんぱち〟のいつもの席に座ると、待ちかねたように玉田が口火を切った。

「はやぶさ号のデッキで一報を受けたんだけど、自分でも驚くくらい決断が早かったと思う。決断というよりも、降りたらドアが閉まっていた」

清一が、苦笑いをして繕った。

「木村さんも災難続きでしたね。妹さんが拉致されたのは、猪苗代湖だったでしょう。晴海埠頭では、妹さんの恋人が狙われたんですから」

「そこは、ちょっと違うかもしれない。妹の恋人は、中尾の私設秘書をしていたんだ。中尾だって驚いているはずだ」

河内山の苦難の道に思いをはせた清一は、自分が経験した辛い日々を重ね合わせていた。

河内山が爆破事件を起こす少し前、清一は中尾に復讐しようとしていた木村から妹の恋人である河内山のことを聞いていた。河内山は、大阪出身で二十八歳。幼い時、ある事件で両親を亡くしてしまった。両親を亡くした彼と同じような境遇の木村の妹との出会いは高校生の頃だったが、河内山には復讐という大きな目標があったために、結婚するまでには至らなかった。

ある事件とは、土地開発に関係したものだったが、河内山の父親は売却に反対する有志の一人だった。最初、温厚な態度をとっていた開発業者だったが、引き渡しの期限が近づいてくると強硬手段に打って出た。その背後にいたのが中尾だった。

早朝から玄関口で大声を上げたり、ガラスを割らないように蹴飛ばすのは序の口で、破廉恥なビラを貼ったりもした。また、外出しようものならつきまとい、人前で辱めもした。悪徳業者の目的は承諾の印鑑をもらうことで、押印《おういん》してもらうまでは執拗にくり返した。

そんな時、警察の対応はというと、強権をふるうこともなく体裁を保つだけのものだった。その場に駆け付けて業者側に注意しても、それ以上のことはしなかった。そのため、警察官がいる時だけおとなしくしていれば、破廉恥の継続が許されたのだった。

そして、河内山家にも悲しい日がやってきた。両親が乗った車めがけてダンプカーが体当たりしてきたのだ。居眠り運転ということだったが、見せしめなのは分かり切ったことだった。

「そうだったんですか。臥薪嘗胆《がしんしょうたん》ですか。大変な思いをしたんですね」

と、玉田。

「大した根性だよ。爆破だって、人を巻き込まないように配慮しているし、最低限の気は遣っている」

「爆破は、南千住が最後だったんですか？　中尾の邸宅でもぶっ飛ばすのかと思いましたが」

「準備は、していたみたいだ。タビト君が対応してくれたから助かったよ」

「それで、河内山は、海へ落ちた後どうなったんですか」

「救助されたよ。それにしても、玉田腕を上げたな。追い詰められた河内山は、最後の爆破をさせる可能性があったんだ。だから、銃撃される前とボタンを押す前の、あのタイミングで発砲するのがベストだったと思う」

「大利家戸さん、お見通しだったんですね」

「追われていた河内山を埠頭まで導き、海へ飛び込ませて逃がす。その戦略しかないと思った」

と言った清一の脳裏には、さまざまな思いが去来していた。重要だったことは、射殺させないこと、その場に刑事を近づけないことだった。

中尾の横暴で両親が犠牲になり、河内山の人生は、復讐心に燃えた悲愴なものになってしまった。けれども、爆破の罪から逃れることはできない。清一が河内山を助けようとしたのは、これからの人生を復讐心から離れ、有意義なものにしてもらいたいと思ったからだった。せめて、心が穏やかになったら、自分自身のための人生を歩んでほしい。

「なになに、落ち着いたら自首して欲しい。そったら甘いごと言って、刑事つとまるのがにし」

大女将が、座敷へ上がってくるなり、気合をかけた。

「なにも、杓子《しゃくし》定規に物事を考えなくてもいいんじゃないですか。前に言ってたじゃないですか。この世の中、仏もいれば鬼もいると。偶には、仏が幅を利かしたっていいじゃないかって」

と、玉田が大女将を宥《なだ》めた。

「ほんだが。して、その人、何したのよ」

と、大女将は動じなかった。

「だから、復讐の手段として花火を上げたり、爆破したりしたんです」

玉田が、大女将の無神経さに怒った。

「そごのとこが、ちょっと分かんねえな。敵討ちだべ、復讐だべ。殺してえと思ってらったんでねえのが」

「河内山の復讐は、相手に恥をかかせることだったのではないか、と思います」

「随分、紳士的だごと。家族のことでも考えたんだべが」

「そうですよね、大利家戸さん。生き恥を晒させたかったんでしょう。もし、殺害するのであれば、いくらでもチャンスはあったはずです」

と、玉田が清一に助けを求めた。

「河内山は、本懐を遂げたかもしれない。ただ、その代償があまりにも大きすぎた。両親を失ってからは、己を殺し復讐の機会を待ったんだろう。警察が、もう少し踏み込んでいれば、復讐せずに済んだかもしれないんだ」

無口だった清一が、寂しそうに話した。

「ほんだ、そんな人は大臣になる資格はねえ。なして、そんな人を選ぶんだべ。まだまだ、いるべ。選挙区の人、恥ずかしぐないのだべが。会見の弁聞いでいでも、嘘を平気で言っているきゃ。それも、一度や二度でね。そんな風潮は、いらね」

腹に据えかねていた大女将が、公権力を批判した。

清一は、もっともだと思った。平時だからと言って、虚言癖のある者や毛並みのいい者をトップに据えていると、非常時には国民が奈落の底に落ちてしまうものだ。

河内山は、どうして殺害する道を選ばないで、公の面前で辱めを受けさせることを選んだのか、と清一は考えてみた。中尾の行為は万死に値すると考えていたはずなのに、辱めの方を選んだのは、選挙民に猛省を促すため？　しかし、清一は否定した。

怨恨でそこまで考えることは、困難のように思えた。たとえ、それで割り切れたとしても、加害者のダメージがゼロに近い状態で終わったとしたら、悔いが残ることになるからだ。

〝せんぱち〟を後にしてからも、大女将の言った言葉が、清一の心を捉えて離れなかった。二人は、どちらから言い出すこともなく、稲生川に向かって歩き出した。

「やはり、気になりますか」

玉田が、振り返って言った。

「ああ、何とかならないものか、と思うんだ。しかし、選挙で正しいことを訴えていたとしても、当選するかどうかは別問題。たとえ当選したとしても、強靭な信念の持ち主でなければ嘘の応酬の中に埋没してしまう」

「選挙で勝つには、耳触りのいいことを訴えていればいいんでしょう。大女将は、騙され続けている国民を嘆いているけど、その解決方法が分からない」

「およそ、人類の歴史って、そんなものかもしれない。人類に大きな災難が降りかかった時でなければ目が覚めないだろうし、目が覚めたとしても改革できるのは、少数だろう」

清一が、控え目に言った。

稲生川まで歩いてきた二人を出迎えてくれたのは、そよそよと揺れる柳だった。川面には月光が浮かび、二人の心を見透かしているかのような面持ちだった。

清一がゆいと一泊旅行へ出かけたのは、〝せんぱち〟を訪れてから二週間後のことだった。家族旅行の話は前々からあったが、なかなか機会に恵まれなかった。今回は、漸くめぐってきたチャンスだったが、風邪気味の幸代とクラブ活動で忙しい有が不参加になった。

旅行を強行したのには、他にも理由があった。母はるが一時帰国することになったので、できるだけ早い日に上京しなければならなかった。

青森中央インターチェンジから高速道路に乗って向かったのは、秋田県大館市《おおだてし》だった。今夜の宿泊地は深浦《ふかうら》だったが、秋田県へ行ったことがないゆいのために、大館、鷹巣《たかのす》、能代《のしろ》を観光した後北上し、深浦へ入るコースを選んだ。

青森市を過ぎると、眩《まばゆ》いばかりのリンゴ畑が道の両側に広がっていた。それが、黒石インターチェンジが近づくと、雄々しいばかりの岩木山へと変わり、やがて青い空と一体化する。青森でも岩木山は臨むことはできたが、近くで見る岩木山は迫力満点だった。

碇ケ関《いかりがせき》インターチェンジからは、国道7号で大館へ向かった。大館のきれいな街並みを通り過ぎ鷹巣へ着いたのは十時過ぎだった。太鼓の館で充分な休憩をとった二人が、次に向かったのは能代だった。

「あなた、事件は解決したんでしょう」

ゆいが、珍しく事件のことを聞いた。

「あっ、そうか。平戸の時は、助かったよ。対応が素早かったので、一命をとりとめることができた」

　忘れていたわけではなかったが、先に言っておかなければならないことだった。室建から連絡を受けたゆいは、緊急事態だと考え、美鳴に直接連絡するようにアドバイスしたのだった。

　ゆいに頭の上がらない清一がいた。子育ては勿論のこと、生活の殆どをゆいに任せきりなのだから、感謝しかなかった。その他に特命捜査への協力があった。直接的な協力者ではなかったが、義兄への連絡やふみへの依頼など、大切な局面での役割を果たしてくれた。

「無理しないでくださいね」

　と、ゆいが子供たちのことを思って言った。

「うん」

　緑の葉がそよぐ光景を見ながら清一が答えた。

　能代の街へ着いた二人は、静寂な能代駅を確認しただけで国道１０１号をひたすら北上した。今日は、観光のためのドライブというよりも、日常のほころびを繕うためのドライブといった方が適切だった。二人の信頼の絆が弱体化しているということではなかったが、縁を大切にしたいという思いがあった。

　ゆいに事件のことを指摘された清一は、事件のいろいろな場面を思い出さずにはいられなかった。何しろ、タイムカプセル事件の加害者が、特命捜査事件の首謀者だったのだから、驚き以外の何物でもなかった。

安岡四十二《よそじ》は養子縁組をした後の名前で、元の名前の植田四十二《あいじ》は、運送業を営んでいた祖父がつけてくれた。合浦公園での事件以降、植田には名前だけでも変えることができればという思いがあった。そのため、養子縁組の時に出された条件は、植田にとって好都合だった。苦しい思い出がつきまとう「あいじ」と別れられると考えたからだ。

高校三年になる直前に父親が仙台から青森へ異動になったので、青森実業高校へ編入することになった。

青森で特に仲の良かったのが、横濱美樹だった。青森実業高校の運動クラブは、県下では無類の強さを誇っていたが、横濱は無所属だったので、自由な時間がたくさんあった。そのため、放課後になると横濱の友達と一緒に行動することが多かった。

植田の楽しい学校生活をぎこちなくさせたのが、卒業生の須藤だった。ある日、植田は横濱達と映画を見た後でデパートへ行った。運の悪いことにそこで目撃したのが、万引きのワンシーンだった。

植田はすぐに横濱に万引きがあったことを伝えたが、横濱達は万引き犯が須藤グループの一員だということを知っていて、関係しないほうがいいと助言した。

植田に圧がかかるようになったのは、万引きのあった日から数日後のことだった。万引きを口外するなとは一言も言わなかったが、仲間数人で取り囲んでみたり、制服を触ってはにやりと笑ってみたりなどの嫌がらせが行われるようになった。これらは、植田に万引きを目撃されたことを聞いた須藤の指示のようだった。そして、このことが起因して事件当日の悲劇となった。須藤が旅に出ると言って家を出た後、浪打駅に向かう途中で横濱達を見かけてしまった。怖いもの知らずの須藤は、いじめてやろうと思い合浦公園に誘ったのだ。

須藤が息を吹き返した時、植田に罵声を浴びせたのは、間違いのないことだった。多分、「人殺しー」とでも言ったのだろう。思いもよらない罵声を耳にした植田は、動転し自分を見失ってしまった。植田は、無意識のうちに須藤の口に砂を詰め込み、罵声から逃亡した。

「あっちゃん」

木陰から見守っていた若狭は、危うくこぼれそうになった言葉を飲み込むしかなかった。その年が暮れないうちに、植田は父親の都合で仙台へと転校し、若狭は半世紀後に掘り出されるタイムカプセルに、苦しい胸の内を託した。

仙台へ転校した植田には、予期せぬ出来事が続いた。父親が勤務していた会社が、倒産してしまったのだ。更に、父親は会社の連帯保証人にもなっていたので、自己破産しなければならなかった。

一家離散を決断した植田家では、否応なく、家族一人一人がばらばらになり、自分のことを考えるだけで精一杯になった高校生の植田は、一人だけ仙台に残ることにした。これからは、最低でも高校を卒業しておかなければならないと考えたからだった。

高校を卒業した植田は、大阪の会社へ就職することにした。大阪は、母親の出身地で親しみのある土地だったので、大阪で将来を描いてみようと考えたからだった。

就職して五年目の時、同じ職場の女性と恋に落ち結婚することになった。ただ、恋人の両親から出された条件があった。それは、一家離散している状態だけは、回避してもらいたいということだった。

そこで提案されたのが、母親と親戚関係にある安岡家の養子になることだった。安岡家は、政治家を輩出している家柄だったが、後継者がいなかった。安岡家では、すぐに信用調査会社に依頼した。その結果、植田の成績が良かったこと、一家の離散した原因が父親の勤務していた会社の倒産によるものだったので、植田には大きな欠点がないとして養子縁組がなされた。その時、植田は安岡家が懇意にしている弁護士に依頼して、名前の読みを変えてもらった。植田四十二《あいじ》を封印してしまいたかった。

安岡家の養子になって三年目、安岡は、衆議院議員選挙で初当選を果たした。鼻の下に髭を蓄えた風貌は、見るからに政治家で、昔の面影は消えていた。

その後も当選を重ねた安岡だったが、大きな役職に就くこともなかったので、関西のお地蔵さまと揶揄されることが多かった。

けれども、当選回数が七回を超えてから、党側から役職を強く打診されることが多くなった。そこで、安岡は、ゆくゆくは国連に関係した仕事がしたいと言って、外務委員になった。

ひとまず、外務委員になった安岡だったが、積極的に表に出るようなことはしなかった。

しかし、人生は、思い通りに行くような生易しいものではなかった。タイムカプセルが、半世紀ぶりに掘り出されるという情報が入ってきたとき、須藤を殺害したことを思い出し、体の震えが止まらなくなった。そして、不安は意に反して現実味を帯び始めたのだった。安岡は、その後の情報で耳を疑う事実を知った。それは、殺害現場を目撃していた者がいたという情報だった。

目撃者は、同学年だった若狭。安岡にとっては、全く予想もしていないことだった。今、若狭に真相を語られては困ると考えた安岡は、大蛇組に刺客を向かわせるように頼むしかなかった。

安岡は、清一にとっても特別な存在だった。安岡は、清一がスージーから依頼を受けて渡米した時からマークしていた。それは、ゆくゆくはキックバックの件で捜査の手が及ばないように、先手を打ったようだった。

安岡は二宮をうまく使い、清一の命を狙い続けた。本来、二宮は中尾との繋がりが強かったが、ポートランド、猪苗代、平戸、そして、南千住へと送り込んだのは安岡だった。

若かりし頃、明るい性格だった〝あっちゃん〟が、いつ頃から強欲になったのかは定かでなかったが、合浦公園で起きた殺人事件が起因しているのは、間違いのないところだった。

清一は、すっかり事件に取りつかれたままで、チェックインした。フロントでの手続きはすべてゆいがしたので、促されるままにプライベートルームへと向かった。

室内は、月の光を閉じ星の囁きにも背を向けているかのような空間を作り出していた。花瓶の花も情緒的でよかったが、凛とした姿が投影されていて、別の雰囲気を醸し出そうとしているかのようだった。

（十六）

翌朝青池を満喫した二人は、一路五所川原を目指して北上した。海岸線が続く鰺ヶ沢町《あじがさわ》で五能線《ごのうせん》の電車と並走したり、千畳敷を見て談笑しながらの旅は、想い出づくりの刻《とき》のようだった。

五所川原市内に入って岩木川を渡った時、携帯電話が鳴った。清一は、近くの商業施設の駐車場に車を停めた。

「えっ、もう一度」

清一は、驚きのあまり聞き返さざるを得なかった。

「今すぐ、新幹線に乗ってください」

本田記者の声が、携帯電話の向こうから聞こえた。

「あなた」

「目黒の実家で爆発があった。爆破されたみたいだ」

血の気が引いた顔で清一が声を絞り出した。

清一は、本田記者の叫び声を耳の奥に残したままで、車を急発進させた。そして、交通量の少ない国道101号を走り、ひたすら新青森駅を目指した。

「あなた、大丈夫かしら」

ゆいが、心配顔で言った。

「犠牲者が出たかもしれない」

清一が、不安顔で答えた。本田記者の声色からすると、清一の家族の誰かが犠牲になったようなのだ。清一は、父かもしれないと思った。

短いトンネルを潜り抜け国道7号へ出ると、新青森駅までは十数キロメートルだった。ただ、交通量が多くなるので、思い通りに時間を刻むことはできない。

そんな時再び着信音が鳴った。清一は空き地に車を寄せると、室建の声に耳を傾けた。

「救急車に乗せられたのは二名？　僕は、新青森駅から新幹線に乗ります。里美さんによろしくと伝えてください」

と答えた清一だったが、ゆいが見たことがないほど動揺していた。

「室建さんからでしょう」

ゆいが、ハンドルに顔をうずめている清一に言った。ゆいは、負傷したのが二名と聞いて、義父の正造と義妹のふみを思い浮かべていた
「だけど、詳しいことはまだ分からないようだ」

と、清一が同じ姿勢のままで言った。それから、

「運転代わってもらっていいかな」

と、ぽつりと言った。

室建の話では、爆破による負傷者は二名。里美が病院へ向かったので、詳しい情報は分かり次第連絡するとのことだった。

二名の中に母はるが入っているかもしれないと考えた清一は、急いで強く否定した。帰国が早まるようなことがあれば、安川スージーから連絡が入っていなければならなかった。ならば妹のふみなのか。記憶喪失から解放されつつあるふみが、再び被害者になるなどあってはならないことだったが、人生が無情ならあり得ることだった。

「あなた、着きました」

ゆいが、平常を装って言った。

「ありがとう。それじゃ行ってくる」

そこには、少しだけ落ち着きを取り戻した清一がいた。

「私は、何を」

ゆいが、清一を呼び止めて言った。

「家族を頼む。くれぐれも自重するように」

と言い残すと、清一は駅構内へと消えていった。

プラットホームに出ると、再び室建からの着信音が鳴った。

「里美から連絡がありました。運ばれたのは、角違正造さんと叔母さんでした。重傷で意識がないとのことです」

室建はここまで早口で言って、なお続けた。

「今のところ、犯人像は分からないようです。大利家戸さんも充分注意して行動してください。それから、玉田刑事からの伝言です。ジャイロリセットを怠らないようにとのことです。俺には、よく分かりませんが」

室建は、口の端々に苦しさを滲ませた。

ジャイロリセットという用語は、大滾博士から聞いた言葉だった。大滾博士は、ドローンの操縦術の話の中で使用していたが、清一は、〝せんぱち〟で玉田と会った時、玉田は人生で不安定な時にも応用できると話していた。不安定なままで行動すれば、良い結果が得られる可能性は低い。ドローンが空中で安定した状態から行動する時のように、人間も精神を安定させてから行動すべきではないかと、主張したのだった。玉田はそのことをよく理解していて、清一が大きなストレスに直面していると判断し、注意を促したのだろう。

清一は、救われたと思った。それは、渦中の人にならずに俯瞰的に見ることができたからだった。そのため、清一特有の冷静さが戻ってきた。ここでは、事件の当事者ではなく、刑事として事件の概要を把握しておくことが、重要だと思った。

それにしても、誰が何の目的で仕掛けたのだろう。そこには、苦しい局面にもかかわらず刑事魂を燃やし始めた男がいた。その人こそ、悪を見逃しにできない大利家戸刑事だった。

この物語はフィクションです。
実在の人物、団体、事件等とは、一切関係ありません。

〈著者紹介〉
冬野秀俊（ふゆの ひでとし）
1949年生まれ。青森県出身。
著作に隠密捜査官シリーズの『隠密捜査官』(2009年)、『追尾』(2011年)、『蠢動』(2012年)、『汚濁』(2015年)、『疑雲』(2018年)、『カズちゃん（青春篇）』(2020年)（以上、幻冬舎ルネッサンス）、『ひよしの千駄櫃』(2023年)（講談社エディトリアル）がある。
冬野秀俊個人ホームページ
http://ori-kedo.la.coocan.jp

魔手《ましゅ》　隠密捜査官《おんみつそうさかん》6

2025年4月17日　第1刷発行

著　者　　冬野秀俊
発行人　　久保田貴幸

発行元　　株式会社 幻冬舎メディアコンサルティング
〒151-0051　東京都渋谷区千駄ヶ谷4-9-7
電話　03-5411-6440（編集）

発売元　　株式会社 幻冬舎
〒151-0051　東京都渋谷区千駄ヶ谷4-9-7
電話　03-5411-6222（営業）

印刷・製本　中央精版印刷株式会社
装　丁　　弓田和則

検印廃止

ISBN 978-4-344-69255-8 C0093
幻冬舎メディアコンサルティングＨＰ
https://www.gentosha-mc.com/